U0046844

我們應該繼續努力，即使貧窮、沒沒無聞，也還是值得的

打開傳說中的書
About ClassicsNow.net

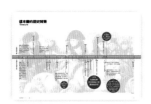

關鍵時間、人物、地點,在書前有簡明要點。

「1.0」:以跨越文字、繪畫、攝影、圖表的多元角度,破解經典的神秘符號。

「2.0」:以圖像來重現原典,或者重新做創作性的詮釋。

　　大約一百年前,甘地在非洲當律師。有天,他要搭長途火車,朋友在月台上送了他一本書。火車抵站的時候,他讀完了那本書,知道自己的未來從此不同。因為,「我決心根據這本書的理念,改變我的人生。」

　　日後,甘地被稱為印度聖雄的一些基本理念與信仰,都可溯源到這本書*。

◎

　　閱讀,可以有許多收穫與快樂。

　　其中最神奇的是,如果我們有幸遇上一本充滿魔力的書,就會跨進一個自己原先無從遭遇的世界,見識到超出想像之外的天地與人物。於是,我們對人生、對未來的認知與準備,截然改觀。

◎

　　充滿這種魔力的書很多。流傳久遠的,就有了「經典」的稱呼。

　　稱之為「經典」,原是讚嘆與敬意。偏偏,敬意也容易轉變為敬畏。因此,不論中外,提到「經典」會敬而遠之,是人性之常。

　　還不只如此。這些魔力之書的內容,包括其時間與空間的背景、作者與相關人物的關係、遣詞用字的意涵,隨著物換星移,也可能會越來越神秘,難以為後人所理解。

　　於是,「經典」很容易就成為「傳說中的書」──人人久聞其名,卻沒有機會也不知如何打開的書。

我們讓傳說中的書隨風而逝，作者固然遺憾，損失的還是我們。

每一部經典，都是作者夢想之作的實現；每一部經典，都可以召喚起讀者內心的另一個夢想。

讓經典塵封，其實是在封閉我們自己的世界和天地。

◎

何不換個方法面對經典？何不讓經典還原其魔力之書的本來面目？

這就是我們的想法。

因此，我們先請一個人，就他的角度，介紹他看到這部經典的魔力何在。

再來，我們以跨越文字、繪畫、攝影、圖表的多元角度，來打開困鎖住魔力之書的種種神秘符號。

然後，為了使現代讀者不會在時間和心力上感受到太大壓力，我們挑選經典原著最核心、最關鍵的篇章，希望讀者直接面對魔力之書的原始精髓。此外，還有一個網站，提供相關內容的整合、影音資料、延伸閱讀，以及讀者互動的可能。

因為這是從多元角度來體驗經典，所以我們稱之為《經典3.0》。

「3.0」：經典原著中，最關鍵與最核心的篇章選讀。

◎

最後，我們邀請的就是讀者，您了。

您要做的唯一的事情，就是對這些魔力之書的光環不要感到壓力，而是好奇。

您會發現：打開傳說中的書，原來就是打開自己的夢想與未來。

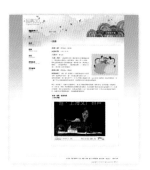

ClassicsNow.net網站，提供相關影音資料及延伸閱讀，以及讀者的互動。

*那本書是英國作家與思想家羅斯金（John Ruskin）寫的《給未來者言》（Unto This Last）。

女性書寫的逃逸路線

自己的房間

A Room of One's Own

吳爾芙 原著

張小虹 導讀

鄒蘊盈 2.0繪圖

他們這麼說這本書
What They Say

插畫：鄭梅君

張秀亞

1919 ～ 2001

《自己的房間》的中譯者，讚嘆「這篇文章像是水晶般的透明，波浪般的動盪，春日園地般的色彩繽紛，秋夜星空般的炫人眼目。最妙的是：上一個句子給你的鮮明印象，你還未來得及給予適當的反應，接著在下一句中，她又推出一個更繁複神奇的，當你正在想借了其他句子的幫助，找到它的詮釋時，而她那支筆卻又輕盈而俏皮的溜走了。」

> 像是水晶般的透明，波浪般的動盪，春日園地般的色彩繽紛，秋夜星空般的炫人眼目

何米昂・李
Hermione Lee

1948 ～

英國曼布克獎評委主席，曾撰寫《吳爾芙傳》。她認為《自己的房間》中最過人處在於虛構出莎士比亞的妹妹，描寫她與兄長同樣才華洋溢，卻囿於時代下的性別歧見而充滿痛苦的人生，正如吳爾芙其他關於女性主義的書寫，悲劇性地陳述女性的生活現狀，與在逃脫現實的想像裏，如何可能獲致不同的命運。

> 過人處在於虛構出莎士比亞的妹妹，描寫她與兄長同樣才華洋溢，卻囿於時代下的性別歧見而充滿痛苦的人生

> 彷彿可以聽見吳爾芙的聲音，而能更靠近她獨特的會話式寫作風格

昆汀・貝爾
Quentin Bell

1910 ～ 1996

凡妮莎貝爾之子，亦是吳爾芙的侄子，為美術史學者，曾出版吳爾芙傳記 *Virginia Woolf: A Biography* 敘述關於布魯姆斯貝里團的回憶。他認為閱讀這本書時，彷彿可以聽見吳爾芙的聲音，而能更靠近她獨特的會話式寫作風格！

張小虹

 1961 ～

💬 這本書的導讀者張小虹，認為《自己的房間》是小說，又很難說它是小說，吳爾芙通過這樣的敘事技巧，要表現出她生命哲學的基本信念……《自己的房間》所凸顯的，正是「間」美學／政治，由「間」去顛覆「自己」與「房」作為獨立固定的指涉，讓「擁有」（one's own）的封閉性成為「非擁有」的開放性、「非人稱」的流動性、「非主體」的創造性。

《自己的房間》所凸顯的，正是「間」美學／政治，由「間」去顛覆「自己」與「房」作為獨立固定的指涉

柯裕棻

 1968 ～

💬 政治大學新聞系副教授。她指出，在當時那個英國社會，吳爾芙連進大學圖書館都必須有男性陪同，而且女性的財產權法定經由丈夫處理，這篇主張經濟獨立、空間自主的文章無疑是個大膽的前鋒。

這篇主張經濟獨立、空間自主的文章無疑是個大膽的前鋒

你

 ？

💬 在二十一世紀此刻的你，讀了這本書又有什麼話要說呢？請到ClassicsNow.net上發表你的讀後感想，並參考我們的「夢想實現」計畫。

你要說些什麼？

和作者相關的一些人
Related People

插畫：鄭梅君

📅 1879 ～ 1961

💬 吳爾芙的姊姊，同時也是一名畫家，對於英國的肖像畫發展極具貢獻。她同時也是「布魯姆斯貝里團」的一員，嫁給藝術評論家克里夫·貝爾後，允許雙方擁有開放的婚姻關係，亦即享受其他戀情的權利，曾與羅傑·弗萊、鄧肯·葛蘭特交往，並與葛蘭特生下一女。

凡妮莎·貝爾
Vanessa Bell

吳爾芙
Virginia Woolf

📅 1882 ～ 1941

💬 英國小說家與文學評論家，奠定女性主義文學基礎，同時也以意識流寫作聞名，代表作為《自己的房間》、《戴洛維夫人》與《歐蘭朵》等，深刻影響當代文學史，但長期為憂鬱症、精神崩潰所苦，最終選擇投河自盡。

📅 1832 ～ 1904

💬 吳爾芙的父親，為知名的文學評論家，家世顯赫，受過高等教育，並受封爵士，吳爾芙早年教育便是在家接受父母指導。他一邊撰寫文學評論，同時也醉心於登山，出版的著作與攀登過的山峰同樣為數眾多。

萊斯里·史蒂芬
Leslie Stephen

李奧納度·吳爾芙
Leonard Woolf

📅 1880 ～ 1969

💬 吳爾芙的丈夫，畢業自劍橋大學三一學院，身兼作家、公務員、政治評論家與出版者的多重身分。他在1912年辭去於錫蘭的工作，返回英國與吳爾芙結婚。除了共組家庭，他們還一同創立「霍加斯出版社」，出版許多吳爾芙的作品。

📅 1892 ～ 1962

💬 英國詩人，兩度獲得英國文學獎項「霍桑登獎」，與吳爾芙於1922年結識、相戀。她與外交官尼可森結婚後，在西辛赫斯忖買下一座廢棄的城堡並進行整修，成為「霍加斯出版社」的印刷廠，現以美麗的莊園而聞名，吸引各地遊客。

維塔·韋斯特
Vita Sackville-West

羅傑·弗萊
Roger Fry

📅 1866 ～ 1934

💬 英國藝術家與藝術評論家，為「布魯姆斯貝里團」的一員。他曾與凡妮莎·貝爾相戀，並與吳爾芙維持密友關係。

這本書的歷史背景
Timeline

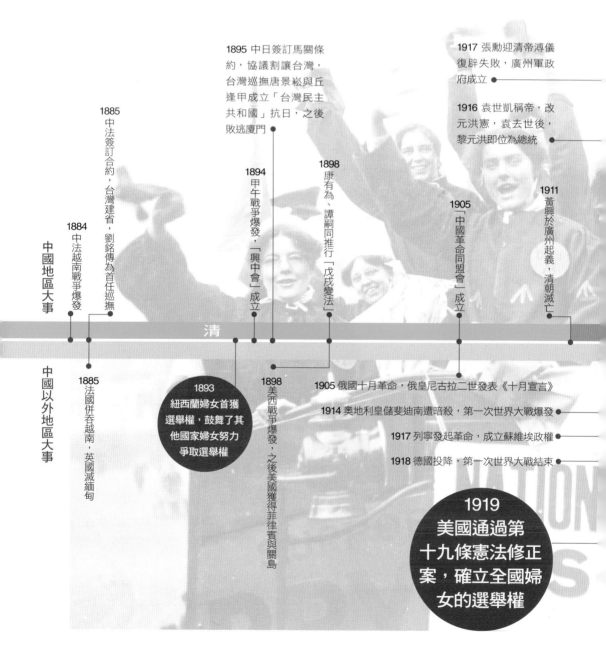

1895 中日簽訂馬關條約，協議割讓台灣，台灣巡撫唐景崧與丘逢甲成立「台灣民主共和國」抗日，之後敗逃廈門

1917 張勳迎清帝溥儀復辟失敗，廣州軍政府成立

1916 袁世凱稱帝，改元洪憲，袁去世後，黎元洪即位為總統

1885 中法簽訂合約，台灣建省，劉銘傳為首任巡撫

1894 甲午戰爭爆發，「興中會」成立

1898 康有為、譚嗣同推行「戊戌變法」

1905 「中國革命同盟會」成立

1911 黃興於廣州起義，清朝滅亡

1884 中法越南戰爭爆發

中國地區大事

清

中國以外地區大事

1885 法國併吞越南，英國滅緬甸

1893 紐西蘭婦女首獲選舉權，鼓舞了其他國家婦女努力爭取選舉權

1898 美西戰爭爆發，之後美國獲得菲律賓與關島

1905 俄國十月革命，俄皇尼古拉二世發表《十月宣言》

1914 奧地利皇儲斐迪南遭暗殺，第一次世界大戰爆發

1917 列寧發起革命，成立蘇維埃政權

1918 德國投降，第一次世界大戰結束

1919 美國通過第十九條憲法修正案，確立全國婦女的選舉權

1920
北京大學正式招收女生，開中國公立大學招收女生之先例

1919
「五四運動」開始

1925
孫中山逝世。同年爆發「五卅慘案」

1926
蔣介石開始北伐

1928
張學良公開支持國民政府，史稱「東北易幟」

1937
中日戰爭開始，爆發「南京大屠殺」

1940
汪精衛成立南京偽政府

當代

1925 義大利墨索里尼建立獨裁政權，德國希特勒組納粹黨

1926 裕仁登基為日本天皇，改年號為昭和，結束大正時期

1928 吳爾芙受邀至英國劍橋大學的女子學院演講，題目為《婦女與小說》，講稿成為《自己的房間》的基礎。同時，在經過多年爭取之後，英國婦女終於在此年獲得與男性平等的選舉權

1939
德國占領波蘭，第二次世界大戰爆發

1941
日本偷襲珍珠港，美國正式對日宣戰

1945
美國於廣島、長崎投下原子彈，日本無條件投降

1929
吳爾芙整理演說稿《婦女與小說》，並以《自己的房間》為名出版，影響後世婦女運動甚鉅。同年爆發全球性的經濟大恐慌。

TOP PHOTO

7

這位作者的事情
About the Author

作者的事情

1917
與丈夫共同創立「霍加斯出版社」，印行作品包括詩人艾略特的《荒原》等

1905
開始職業寫作生涯，為《泰晤士文學副刊》撰稿，並與朋友共同創立「布魯姆斯貝里團」

1897
十五歲，因同父異母姊姊黛拉去世，再度精神崩潰

1895
十三歲，母親過世，首次精神崩潰

1913 第一部長篇小說《出航》原預計於此時出版，但因病情嚴重而耽擱，企圖自殺

1912 與政論家李奧納度‧吳爾芙結婚，冠上夫姓

1909 與斯特雷奇訂婚，旋即取消婚約

1882 一月二十五日生於倫敦，本名為愛德琳‧維吉尼亞‧史蒂芬，父親為著名文學評論家與編輯史蒂芬爵士

1904 父親去世，試圖跳窗自殺，之後與兄姊等人移居至布魯姆斯貝里區

清

當時其他人的事情

1898 法國作家左拉在《震旦報》上發表一封公開信，標題為「我控訴」，揭發法參謀部陷害德雷福斯將軍的陰謀

1905 孫中山在《民報》發刊詞中首度提到「三民主義」

1879 劇作家易卜生發表《玩偶之家》，深刻影響了魯迅、曹禺等中國作家

1908 加拿大作家露西‧蒙哥馬利出版小說《清秀佳人》，之後陸續被改編為電影、影集與動畫版本

1887 英國作家柯南‧道爾發表《血字的研究》，所創造的福爾摩斯成為舉世知名的偵探

1899 女畫家桂茵‧瓊首次展出作品《自畫像》。女子獨坐在斗室內為其常見繪畫主題

1913 普魯斯特出版《追憶似水年華》第一部，至1927年完整出齊

1893 挪威表現主義畫家孟克完成《吶喊》，為其著名代表作

1900 社會學家齊美爾出版重要著作《貨幣哲學》，論述貨幣如何改變現代的生活形態

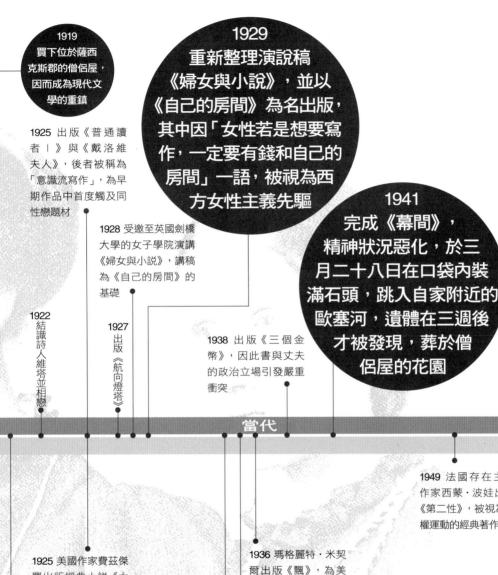

1919
買下位於薩西克斯郡的僧侶屋，因而成為現代文學的重鎮

1925 出版《普通讀者I》與《戴洛維夫人》，後者被稱為「意識流寫作」，為早期作品中首度觸及同性戀題材

1929
重新整理演說稿《婦女與小說》，並以《自己的房間》為名出版，其中因「女性若是想要寫作，一定要有錢和自己的房間」一語，被視為西方女性主義先驅

1928 受邀至英國劍橋大學的女子學院演講《婦女與小說》，講稿為《自己的房間》的基礎

1927 出版《航向燈塔》

1941
完成《幕間》，精神狀況惡化，於三月二十八日在口袋內裝滿石頭，跳入自家附近的歐塞河，遺體在三週後才被發現，葬於僧侶屋的花園

1922 結識詩人維塔並相戀

1938 出版《三個金幣》，因此書與丈夫的政治立場引發嚴重衝突

1953 丈夫從其日記精選並編輯的《一個作家的日記》出版

當代

1925 美國作家費茲傑羅出版經典小說《大亨小傳》

1920 古典社會學理論三大家之一的韋伯出版《新教倫理與資本主義精神》，提出清教徒思想影響資本主義的重要論點

1918 魯迅發表《狂人日記》

1934 曹禺發表劇作《雷雨》

1936 瑪格麗特·米契爾出版《飄》，為美國史上最暢銷的小說之一，並於隔年獲得普立茲獎

1935 班雅明發表《機械複製時代的藝術作品》，深刻影響媒體理論與文化研究領域

1949 法國存在主義作家西蒙·波娃出版《第二性》，被視為女權運動的經典著作

TOP PHOTO

這本書要你去旅行的地方
Travel Guide

英國

tsuda. george攝影

TOP PHOTO

● 倫敦 海德公園22號

吳爾芙的出生地，今日已掛上「藍匾額」，標示吳爾芙與姊姊、父親共同在此的生活記憶。

● 倫敦 菲茨羅伊廣場29號

1907年，吳爾芙與家人搬到此處，開始為報刊撰寫文學評論。現今完善保留，並掛上具有歷史意義象徵的「藍匾額」，紀念吳爾芙在此留下的生活痕跡。

● 倫敦 里奇蒙德

吳爾芙與夫婿所創的「霍加斯出版社」，現址位於天堂路34號，也曾是夫婦倆的居所。

● 倫敦 塔維斯托克廣場

1924年，吳爾芙租下此處53號的房屋，寫下《戴洛維夫人》等作品，現址為塔維斯托克旅館。

● 倫敦 高頓廣場46號

吳爾芙在與家人搬到布魯姆斯貝里之後，聚集了許多知識分子如作家斯特雷奇、畫家葛蘭特與經濟學家凱因斯等人，他們在此聚會討論，分享許多新觀念，形成了重要的「布魯姆斯貝里團」，衝擊並挑戰當時社會，為當時極為知名的文藝沙龍，而吳爾芙也以住在布魯姆斯貝里一區而自豪。

TOP PHOTO

● 薩西克斯郡 加辛頓莊園

1915年，國會議員之妻摩瑞爾夫人買下這座莊園，在此召集許多知識分子，包括吳爾芙夫婦、艾略特與赫胥黎等人，以「布魯斯姆斯貝里團」的聚會處聞名。

Andrew Dunn攝影

● 劍橋郡 劍橋大學

吳爾芙於1928年受邀至此演講，演講稿經過改寫修訂之後，成為《自己的房間》而出版。

OLewis攝影

● 薩西克斯郡 僧侶屋

1919年，吳爾芙買下此處，於花園裏的小屋寫作，僧侶屋（或譯：孟克大宅）因而成為現代文學的重鎮。現址保存完善，並置有吳爾芙與夫婿的塑像。

TOP PHOTO

● 肯特郡 西辛赫斯特城堡

吳爾芙結識維塔，其與夫婿尼可森買下這座城堡作為「霍加斯出版社」的印刷廠。1967年由國民信託管理，現以花園的精緻設計聞名，吸引世界各地遊客。

目錄 Contents

女性書寫的逃逸路線 自己的房間

封面繪圖：鄒蘊盈

她相信女人必須要先有經濟物質條件的穩定，才能擁有時間和空間。而何謂「自己的房間」？最粗淺、最直接的定義，就是女人要有一個屬於自己的空間，這個房間可以上鎖，鎖上之後誰都不可以進來，當然這個實體的「自己的房間」，更可以延伸成為心靈的空間、思考的空間、創作的空間。

她和莎士比亞一樣愛冒險，想像力豐富，渴望出去看世界。但是她父母沒送她上學，她沒有機會學文法和邏輯，更不要說閱讀賀拉斯和維吉爾了。她偶爾會揀到一本書，也許是哥哥的書，讀一兩頁。可是，她的父母就會進來，要她去補襪子，或看燉煮的肉，不要對著書本或紙張發呆度日。他們態度和善，語氣卻很嚴肅，因為他們很實際，知道一個女人一生的狀況。

導讀

張小虹

台大外文系畢業，美國密西根大學英美文學博士，現任台大外文系特聘教授。
著有《怪胎家庭羅曼史》、《絕對衣生態》、《在百貨公司遇見狼》、《假全球化》、《身體褶學》等書。

要看導讀者的演講，請到ClassicsNow.net

文學有沒有性別之分？如果有的話，文學是男性還是女性？是陰性還是陽性？是陰陽同體，還是不陰不陽、不男不女？

有人開玩笑說，文學史裏也有所謂的「三P」，即Pen-Penis-Patriarchy（筆—陽具—父權制）三位一體，此乃「男性中心」文學傳統的特徵，亦稱之為「陽物理體中心書寫」（phallogocentric writing）。但是在女權思想與女性主義興起之後，我們會問：一定是要擁有陽具的人才能握筆書寫嗎？在「男性中心」的文學傳統中，沒有陽具的女人可以擁有寫作的能力嗎？如果三位一體的「筆—陽具—父權制」主宰了傳統文學史的性別想像，那如何有可能在另外一種滑動於生理—隱喻之間的概念當中，開展女性書寫的身體想像呢？

法國當代哲學家西克蘇（Helen Cixous）就曾提出「白色墨水」（milk-ink）的比喻，用白色的奶水想像，置換黑色的墨水與陽具般的筆，而成為當代「陰性書寫」（écriture féminine）的重要譬喻。但「陰性書寫」一定指向生理與社會性別上的「女人」嗎？「陰性書寫」和我們一般所謂的「女性書寫」（women's writing）有何不同呢？就讓我們從一本書、一名女作家說起，看看為何「陰性書寫」比「女性書寫」更具有性別革命的基進性，為何「陰性書寫」可以被當成「女性書寫」的一種逃逸路徑。

誰「視」吳爾芙？

1929年有一本書在英國倫敦出版了，書名是《自己的房間》（*A Room of One's Own*）。作者是一位美麗優雅的英國女性——維吉尼亞·吳爾芙（Virginia Woolf）。如果讀者有機會到倫敦旅行的話，可以造訪「國家肖像畫廊」（National Portraits Gallery），在那裏賣得最好的藝術家明信片，就是一張由貝雷斯福德（George Charles Beresford）為吳爾芙所拍攝的照片。吳爾芙出生於1882年，死於1941年。從這張

TOP PHOTO

（上圖）《戴洛維夫人》初版書影，封面是吳爾芙的姊姊凡妮莎·貝爾（1879～1961）所繪。
（右圖）由貝雷斯福德所攝的吳爾芙肖像，這時吳爾芙大約二十歲。也是最為人所知的一張照片。

Hulton-Deutsch Collection / CORBIS

照片我們彷彿看到了年輕吳爾芙的憂鬱、脆弱和敏感，這也
是大眾想像中最為人所熟悉的吳爾芙影像。超現實主義大家
曼‧瑞（Man Ray）和弗倫德（Gisèle Freund）也都曾經拍
過不同時期的吳爾芙，她的家族好友，比如姊姊凡妮莎‧貝
爾（Vanessa Bell）、羅傑‧弗萊（Roger Fry，亦有譯作傅來
義）、史特雷奇（Rachel Strachey）等藝術家亦曾描畫過不同
樣貌的吳爾芙，尤其是吳爾芙年紀稍長時，鏡頭前或是畫布
上，往往我們感受到的是另外一種氣質的吳爾芙，充滿知性
與自信，而不再是位浪漫美麗的脆弱少女。在每一個不同的

攝影師或者畫家所捕捉到的，彷彿都是不一樣的吳爾芙。

過去我們習慣問：誰「是」吳爾芙，現在我們可以嘗試改變提問的方式：誰「視」吳爾芙？意思是「誰在看」？不同的人看到不同的吳爾芙，每個人看到的吳爾芙都是不一樣的，無法從相互差異的觀點與詮釋中，歸納出任何本質。那麼讓我們來想像，到底吳爾芙是位敏感脆弱、鬱鬱寡歡的女作家嗎？還是一個聰明積極、創作力與戰鬥力旺盛的女性主義者呢？這並不是二選一，這些可能都會出現在誰「視」吳爾芙的複雜觀視當中。

雖然說吳爾芙在文學史上的地位，早已登堂入室成為現代文學的「經典」，但是她終其一生其實都在反經典、對抗經典的。如果說過去的經典都是男性大師的巨著，那當女人的作品也進入到經典的殿堂後，女性作家能在權力結構當中分得一席嗎？什麼會是經典歷史形塑過程中的性別不平等呢？對吳爾芙而言，如果所有的傳記都是偽傳記、所有的真理都是虛構、那「經典」與「對抗經典」究竟可以有何不同之處？女作家的經典化，究竟只是多了一批生力軍，還是會徹底改變我們對經典本身的認知與界定呢？

如果讀者是吳爾芙迷，來到倫敦一定要去海德公園二十二號，因為那是她的出生地。海德公園是一個上流住宅區，吳爾芙出生在一個非常優渥的家庭裏，如果大家現在到英國的話，會看到一些名人住宅的外牆上掛著藍色的牌子，告訴你有哪些名人曾經住在這裏。吳爾芙的故宅外牆上貼了三個牌子：第一個是吳爾芙的爸

（左圖）凡妮莎‧貝爾，吳爾芙之姊，英國畫家。布魯姆斯貝里團（Bloomsbury Group）便是由她而發起。她的丈夫克里夫‧貝爾（Clive Bell）亦是一名藝術家。這張照片攝於1920年左右，當時凡妮莎大約是四十歲。

（右圖）羅傑‧弗萊所繪的吳爾芙像。在布魯姆斯貝里團中，羅傑‧弗萊對吳爾芙的影響很大，吳爾芙並為他寫傳，《Roger Fry: A Biography》在1940年出版。

TOP PHOTO

TOP PHOTO

TOP PHOTO

爸史蒂芬（Leslie Stephen, 1832 ～ 1904），他是英國一個非常著名的學者和作家。第二位是吳爾芙的畫家姊姊凡妮莎‧貝爾。第三位就是吳爾芙。這個家很有意思，父母感情恩愛，但都有過一次婚姻經驗，媽媽杜克沃斯（Julia Jackson Duckworth）曾是維多利亞時期著名的上流社會美女，家世顯赫，喪夫之後再嫁史蒂芬，而史蒂芬則是以編撰了英國最重要的傳記辭典*Dictionary of National Biography*而聞名，所以吳爾芙創作了很多「偽傳記」（mock-biography）（比如《歐蘭朵》，*Orlando*），就是要和她爸爸唱反調。

吳爾芙的爸爸結過一次婚，第一任太太是一個貴族，有一個小孩子；媽媽也結過一次婚，前夫也是一個貴族，有三個小孩子。後來他們兩人結婚之後又生了四個小孩，所以一共有八個孩子，吳爾芙是倒數第二個小孩。在吳爾芙十三歲的時候母親就去世了，隨後不久，長姊亦相繼過世，此連續打擊亦造成了吳爾芙生命中的第一次精神崩潰。吳爾芙說她的媽媽是典型維多利亞時代「家中的天使」（angel in the house），也就是說，她是一個傳統溫柔賢淑、相夫教子的家庭婦女形象。吳爾芙一方面懷念追思母親，一方面卻也知道必須殺死「家中的天使」，才能讓女性從傳統的桎梏中掙脫逃逸。

（上圖）吳爾芙母女的合照。畫面由左至右為姊姊凡妮莎、母親杜克沃斯、吳爾芙本人。

Hulton-Deutsch Collection / CORBIS

　　史蒂芬家中的八個小孩，男孩都接受最好的教育栽培，最終都進入劍橋大學等知名學府，但女孩都留在家裏，不曾正式進入正規的教育體系。即使吳爾芙出生在這樣的書香門第，即使家中環境優渥，她的父親還是認為所有的栽培都要給兒子，而女兒應該留在家裏，由媽媽教導或者自己學習，偶爾也會請一些家教老師。由於吳爾芙的父親是位知名學者，家裏藏書豐富，吳爾芙的學養過程都是靠她爸爸的圖書室，所以説吳爾芙從小是在家自學，沒有受過任何的正式教育。

浮游在兩極中擺盪

　　倫敦有一個布魯姆斯貝里（Bloomsbury）區，該區高頓廣場四十六號有另一座和吳爾芙相關的房子。在二十世紀初期，這裏住了幾位很重要的「布魯姆斯貝里團」（Bloomsbury Group）成員。布魯姆斯貝里團為什麼重要？它有一點像文藝沙龍，就是每個星期四晚上，他們會固定在那個房子裏聚會。當中有維吉尼亞·吳爾芙、凡妮莎·貝爾、福斯特（E. M. Forster）、斯特雷奇（Lytton Strachey）、凱因斯（J. M. Keynes）、李奧納度·吳爾芙（Leonard Woolf）和葛蘭特（Duncan Grant）等等，這些人都是非常

（上圖）吳爾芙與父親史蒂芬的合影，約攝於1900年。父親對吳爾芙影響甚大，吳爾芙不滿傳統英國社會中婦女不能受正規教育的思想，但是又無法避免自己對於父親才華的崇拜。

林頓‧斯特雷奇（1880～1932）英國歷史學家、傳記作家及批評家，以傳記作品最為著名。對於傳記的取材，多帶有主觀傾向，文筆尖酸刻薄，充滿諷刺，喜歡拆穿偉人的面具，質疑當時流行的觀念，以《維多利亞女王時代四名人傳》、《維多利亞女王傳》、《伊麗莎白和埃塞克斯》和《人物小傳》等作品著名。他將傳記寫作變成一種文學藝術，開展了傳記文學新時代的里程碑。論者以為：「林頓‧斯特雷奇給英國帶來一場傳記寫作革命，讓後人不再為了書寫偉人的負面事蹟而感到心驚膽戰。」

TOP PHOTO

（上圖）1939年，吳爾芙在塔維斯托克廣場五十三號的家中。
（右圖）吳爾芙與姊姊一起創刊的雜誌《*Hyde Park Gate News:The Stephen Family Newspaper*》，主要描述他們的家庭生活。這分期刊陸續發行四年，圖中此份為耶誕特刊。

重要的人，他們星期四晚上聚會的時候，就是透過聊天相互影響他們的創作。布魯姆斯貝里團提倡現代美學，反對按傳統小說和繪畫當中的物質寫實主義；他們強調意識的飄浮流動，凸顯瞬間的時代感性。布魯姆斯貝里團對資本主義和帝國主義，以及性別不平等，提出了反省和批判，尤其是他們對愛和性欲取向的生命實踐，更是大膽先進。每次讀到有關他們的相關資料時，都覺得這些人比我們現在還要前衛、還要離經叛道。那時候所謂的一夫一妻制，以及異性戀，都是他們要去抗拒和突破的。

　　大家最常談論的是吳爾芙的「悲劇性」，自十三歲母親去世後的精神崩潰開始，吳爾芙幾乎一輩子都被憂鬱症所苦。十九世紀末、二十世紀初，對憂鬱症的患者，醫生只會強行要求「休息治療」（rest cure），簡單來說，就是臥床，就是什麼都不要想、什麼都不要做，更遑論看書寫作。為什麼大家會認為這是「悲劇」的吳爾芙呢？因為傳記資料中的她多次精神崩潰，亦多次嘗試自殺，最終在1941年投河自盡，結束了被憂鬱症所苦的生命。那天吳爾芙的先生覺得她有點不對勁，但是沒有多留意，吳爾芙在那天下午離開家之後，就再也沒有回去。過了很多天之後，大家才發現了她的屍體，並且在她的大衣當中發現了很多的石頭，說明這一次她自殺的決心有多強。以這樣的一個方式來結束生命，於是大家會認為吳爾芙是一個憂鬱浪漫的悲劇女作家。

　　但在「悲劇」吳爾芙之外，還有其他不同樣貌的吳爾芙嗎？在吳爾芙二十七歲的時候，她和弟弟做了一個惡作劇。他們變裝，扮成中東的阿拉伯人，謊稱自己是中東的皇族，然後對英國皇家海軍表明要參觀艦隊。於是皇家海軍派了高階的海軍指揮官負責帶他們參觀皇家軍艦（其實這個指揮官是和吳爾芙有親戚關係的），整個過程中他們都沒有被認出來，事情圓滿達成也沒有被發現。但是因為其中一個人覺得整件事情太好玩了，就把這個消息透露給報社，事情才被揭

Hyde Park Gate News.

VOL 1 No 45

Cristmas Number

WE here give a picture of the celebrated author Mr Leslie Stephen

The drawing-room of No 22 H.P.G was crowded last Sunday with Christmas presents which the benignant Mrs Leslie Stephen was about to bestow on her friends

Mrs Jackson has no doubt our readers know brought her canary with her to H.P.G

Ghost Story

In the north little town [of] Cornwall th[ere are] two houses sai[d] haunted. In [the] 1789 a youn[g] [gen]tleman visit[ed] he could get lodging excep[t] haunted house he being a bol[d] chap said " [a] loaf is better [than] bread" and a[way] went to the ha[unted] house. He wen[t up]stairs and fou[nd] spacious bed a large airy be[d] He got into [it]

was soon dis[turbed] by a contin[ual] knocking unde[r] the bed and a[s]

TOP PHOTO

TOP PHOTO

露出來。這個軼聞提供了一個非常不一樣的吳爾芙,我們看到了她的調皮搗蛋,她的惡作劇,她的膽識,一個充滿冒險精神與幽默感的吳爾芙。

而在吳爾芙生活的年代,即十九世紀末、二十世紀初,彼時婦女運動最重要的關鍵,就是爭取投票權。「婦女投票權」的英文是" Woman Suffrage",以英國為例,她們到1872年成立了爭取婦女投票權的全國性組織,1918年通過了一個法案,就是三十歲以上已婚大學畢業的女性擁有投票權,1928年允許二十一歲以上的女性都擁有投票權。《自己的房間》是在1929年出版的,也就是説全面擁有投票權後的一年。

吳爾芙從二十二歲開始(1904 ～ 1907),無償在莫利學院(Morley College)教「英國文學與歷史」,學生皆為勞動階級婦女。吳爾芙三十歲和丈夫結婚之後,和丈夫定期參與婦女合作社(Women's Co-operative Guild)的聚會。吳爾芙和丈夫還辦了一個霍加斯出版社(Hogarth Press),雖然很

（上圖）吳爾芙曾經假扮中東貴族參觀英國皇家艦隊,這是當時留下來的新聞照片。畫面左方坐者為吳爾芙。

TOP PHOTO

小，但是十分具有影響力。出版社一開始是出版他們自己的作品，後來相繼出版了現代主義文學中一些很重要的作品，像是艾略特的《荒原》（*The Waste Land*），而佛洛伊德《自我與本我》（*The Ego and the Id*）最早的英譯版也是由霍加斯出版社出的。在這裏，我們看到的又是另一個不同面向的吳爾芙。如果我們過去所想像的吳爾芙，都是憂鬱有自殺傾向的吳爾芙，其實還有另外一個吳爾芙——她活得非常精采、非常有能量。吳爾芙雖然有精神上的障礙、有憂鬱症的問題，但是比起她很多早逝的親朋好友們，吳爾芙活到了五十九歲，還成就了文學的大業，我們會說，這個人活得非常精采，一點都不是最初攝影照中那個讓人覺得無比脆弱、敏感而無助的年輕少女。

「來義，帶我去看看她」

　　吳爾芙寫了非常多小說、短篇小說集、隨筆和傳記小

（上圖）1908年，一群女權主義者被釋放後還穿著囚服歡呼的場景。1908年正是婦女爭取地方投票權的時代，當時最著名的女權主義者為愛蜜莉（Emmeline Pankhurst,1858～1928），她組織「婦女社會政治聯盟」，並發行《婦女選舉權》（*Votes for Women*）報紙，鼓吹女權。

艾略特（T. S. Eliot 1888～1965） 為知名的評論家、詩人、教授和編輯，其創作與批評深深影響二十世紀20至50年代的英美社會。《荒原》於1922年問世，全詩共四百多行，分成五部分：葬儀、棋局、火誡、水殤、雷語，內容大量採用典故或引言，來暗喻西方文明的衰落。曾有學者表示，這猶如以片段所支撐起的現代文明廢墟，閱讀時需要有能力把碎片組合聚集。《荒原》以「四月是最殘酷的月份」這句開頭，四月本是復活節的月份，但對艾略特而言，四月是個無法自我實現、欲望無法獲得滿足的時刻，只能藉著回憶彌補缺憾。全詩揭示了第一次世界大戰後，社會所存在巨大的空虛與迷惘。

說，她是一位傑出的作家和文學評論家。《自己的房間》出版於1929年十月二十四日，這本書其實是透過一系列的演講彙集而來的。一開始是吳爾芙應邀到劍橋大學紐南學院（Newnham College）和格頓學院（Girton College）兩個女子學院演講，演講題目是「女性與小說」，她是按照這個系列的演講稿發展出這本書。這本書成為二十世紀最重要的女性主義文學及女性主義文學批評的經典，也是最具顛覆性的性別思考。她所談的東西，在八十年後的今天，還有很多事情是我們依舊做不到的。這是一本寫於過去的書、現代主義時期的經典，但是它卻具預言性。我們很希望她的預言可以成功，女性作為一種「被保護」的性別，能夠被徹底改變。

　　吳爾芙作品的中文譯介，最早乃是1932年由葉公超翻譯的《牆上一點痕跡》，刊登於《新月》第四卷第一期。1935年由石璞翻譯的傳記小說《狒拉西》（*Flush*），這是一條狗的傳記，還有1945年馮亦代翻譯《航向燈塔》（節譯本，重慶商務印書館）。《自己的房間》最早的中文版本在上海出版（1947），是由王還翻譯的《一間自己的屋子》。1973年由張秀亞翻譯成《自己的屋子》（台北純文學出版社），最近最具規模的則是《吳爾夫文集》（2003，人民文學出版社）。證諸歷史，吳爾芙被介紹到華文世界來，關鍵人物之一乃是徐志

（右圖）李奧納度‧吳爾芙與約翰‧雷門（John Lehmann）。在吳爾芙與丈夫李奧納度共同成立的霍加斯出版社中，雷門是他們重要的編輯之一。吳爾芙多次精神崩潰後，出版社的業務多由李奧納度與雷門共同撐起。

Hulton-Deutsch Collection / CORBIS

摩。徐志摩在劍橋大學讀書的時候，就和布魯姆斯貝里團這
個精英文化圈交往，徐志摩尤其喜歡和弗萊討論青銅藝術。
在他們的書信（1928）當中寫到：「我在念惠傅妮雅的《航
向燈塔》，這真是精采之至的作品，來義啊，請你看看是否
可以帶我見見這一位美豔明敏的女作家，找機會到她寶座前

（上圖）吳爾芙與姊夫克里
夫‧貝爾於海灘嬉戲的相片，
約攝於1910年。照片中的吳
爾芙看起來開懷、明亮，與一
般人所想像的憂鬱形象不同。

徐志摩（1897～1931） 原名
章垿，字槱森，後改字志摩，
是中國著名的新月派現代詩人
與散文家。新月社是由胡適、
徐志摩、聞一多、梁實秋、陳
源等人於1923年創建的文學
團體，1927年時新月書店在
上海成立，1928年創立《新
月》月刊。這個團體的成立，
造就了一批注重現代格律的新
月派詩人，強調對詩歌語言詞
彙的運用，在創作中體現文學
美的意境，並對之後的中國新
文化運動產生影響。徐志摩在
英國的劍橋大學中接受文學薰
陶，他的思想深受英國哲學家
羅素、英國浪漫主義詩人拜倫
和雪萊、印度詩人泰戈爾的影
響，因此在詩作散文中，詞彙
絢爛、饒富情趣，融合著歐美
詩和中國詩的格律與風格，開
創所謂的「新月詩派」。

（上圖）1925年，吳爾芙寫
《戴洛維夫人》的草稿。《戴
洛維夫人》是吳爾芙意識流小
說的代表作，她將女性一生的
生活，都濃縮於戴洛維夫人的
一天之中。

焚香頂禮。」除了徐志摩之外，目前華文世界和吳爾芙研究
的另一個關鍵性人物就是凌叔華。吳爾芙的外甥朱利安・貝
爾（Julian Bell）稱凌為「中國的布魯姆斯貝里人」，將其比
擬做和母親與阿姨一般的精英創作者。朱利安・貝爾曾經受
邀到中國教書，在這個過程當中他和凌叔華相識，一起工作
了一段時間，之後他就去參加了西班牙內戰，後來在戰爭中
被炸死。凌叔華很早之前透過朱利安・貝爾的介紹，跟吳爾
芙他們相識，所以相互之間就有長時間的書信往來。在吳爾
芙的鼓勵之下，凌叔華撰寫了自傳體小說《古韻》（*Ancient*

TOP PHOTO

TOP PHOTO

Melodies），最早是英文版，後來才出版了中文版。所以透過新月派的媒介，吳爾芙被介紹到華人世界，她和當時整個京派文化有著深切的聯繫，亦對後來的幾位重要京派作家做出影響。

虛構背後的實情

《自己的房間》開宗明義告訴你，女人要寫作一定要有自己的房間和每年五百英鎊的收入。吳爾芙以自己為例，一個過世的姑媽給了她一筆遺產。她相信女人必須要先有經濟物

（上圖）李奧納度寫給雷門的信件，信中主要說明吳爾芙的病情。吳爾芙的晚年正值二次世界大戰，戰爭的不穩定、對政治的失望以及吵鬧的戰機聲等，都給了吳爾芙精神上極大的壓迫。

現代西方女性主義的發展 可溯及十八世紀末。1792年，英國現代女權主義者瑪莉·吳爾史東克拉芙特（Mary Wollstonecraft, 1759～1797）著書《女權辯護：關於政治和道德問題的批評》（*A Vindication of the Rights of Women*），為當時仍屬封閉的父權社會中，開啟了性別平等的曙光。此書出版前，女性只能接受家庭教育，是男性身旁的依附者，所做的、所學的一切，都只是為了取悅與成就男性。自吳爾史東克拉芙特提出「女性應具有理性教育的機會」開始，十九世紀的女性主義逐漸轉變成組織性的社會運動，甚至在1848年於紐約州召開第一次女權大會。此後許多人陸續投入爭取婦女參政權的運動，進而成立「婦女社會政治聯盟」。

（上圖）瑪莉·吳爾史東克拉芙特畫像。

TOP PHOTO

質條件的穩定，才能擁有時間和空間。而何謂「自己的房間」？最粗淺最直接的定義，就是女人要有一個屬於自己的空間，這個房間可以上鎖，鎖上之後誰都不可以進來，當然這個實體的「自己的房間」，更可以延伸成為心靈的空間、思考的空間、創作的空間。這種強調女人要有自己的時間、空間與經濟後盾，才能不為餬口而疲於奔命，才能專注於創作的說法，遭到許多人批評為階級偏見，他們指出這是一種非常資產階級的想法，證諸女性文學史，許多沒錢沒房間的女人，照樣創作不輟。

在《自己的房間》裏，吳爾芙也以嘲諷卻不失幽默的方式，虛構杜撰了一個由「牛津」與「劍橋」組合而成的「牛橋」（Oxbridge）大學，她在這所大學裏親身體驗到學院赤裸裸的性別歧視。

因為如此，我發現自己往前衝，大步跨過草地。但馬上有一個男人冒出來阻擋，起先我不知道這個穿禮服和晚宴襯衫的怪人是在跟我打手勢，他顯得驚恐、憤怒。我直覺、不用推理，就領悟到他是學校管理員，而我是個女子。這是他們的領土、他們的小徑，只有學者和研究者可以走，我應該走碎石路。

接下來她還提到為何單獨一個女人在這「牛橋」大學裏，基本上連圖書館都進不去，更遑論想要親身參閱圖書館中珍藏的彌爾頓詩稿：「女士要有大學研究員陪伴或寫介紹信，才能進入圖書館。」對她而言，女性的地位不是無所改善，而是改善的速度與幅度都不足：「從1866年迄今，英國已有兩間女子學院；1880年以來，法律已允許已婚婦女擁有自己的財產，還有，在九年以前的1919年，婦女獲投票權。我還要提醒妳們：將近十年來，婦女已經可以從事極大多數的職業。」吳爾芙既指出這些由女性爭取而來的權利如何不易，

TOP PHOTO

亦同時指出這些「成就」本身的遲來與侷限。

　　在《自己的房間》中，吳爾芙展現了女性主義不是只有憤怒與控訴，而是能以幽默的嘲諷，直指父權社會的暴力與偏執。吳爾芙的文字絕不罵人罵到臉紅脖子粗，吳爾芙的文字是笑裏藏刀，面不改色，卻能直搗黃龍，正中要害。在書中

（上圖）婦女衝入投票所，抗議沒有投票權的畫作。繪於1908年。

TOP PHOTO

她虛構了一個X教授：「我畫一個臉孔，一個人，是專心撰寫他那部創世鉅著《女性在心理、道德與生理上的劣勢》的X教授。他在我筆下並不是能吸引女人的那一類型男人。他體型粗壯，下顎寬大。為了跟寬大的下顎平衡，他的眼睛很小，臉孔通紅。他的神情顯示他很激動，寫字用筆的模樣猶如在刺殺害蟲。他用力戳紙張，好像只殺這隻害蟲還意猶未盡，必須繼續殺戮，而且，縱使趕盡殺絕，仍會有其他因素會惹他生氣。我看我畫的圖片，心想，他是因為他妻子生氣嗎？她是不是愛上一名騎兵軍官？這個軍官是不是長得修長優雅，穿著羔羊毛衣？若要採用心理學家佛洛伊德的理論解釋，他是不是在搖籃時期被漂亮的小女孩嘲笑過？」一個憎惡女人的男性沙豬，就如此神靈活現地出現在讀者的眼前，難逃吳爾芙犀利的調侃與捉弄。

莎士比亞妹妹的可能與不可能

　　基於吳爾芙在文學史上的傑出成就與重要地位，她常被暱稱為「女性的莎士比亞」，並與「男性的莎士比亞」並列為英國文學史上一古一今、一男一女最著名的代表作家。而吳爾芙在她的作品裏，不但常常引經據典莎士比亞，更在《自己的房間》中創造了一個文學史上根本不存在的「莎士比亞的妹妹」。這個稱謂因吳爾芙的虛構杜撰而聲名大噪，如果

（上圖）1909年，愛蜜莉在車上接受群眾的歡呼。愛蜜莉是著名的女權運動者，她為爭取婦女投票權數度被捕入監，又因絕食抗議而獲釋。在不屈不撓的堅持下，終於在1928年為婦女爭取到同等於男性的投票權。

（右圖）桂茵・瓊（Gwen John, 1876～1939），英國女畫家，畫作多取材周遭親友、愛貓以及宗教信仰等，她的畫作安靜而私密，富有女性特質。其情人為羅丹，但世人大都記得羅丹，而忘記這位被掩埋於光芒之下的女畫家。

TOP PHOTO

大家在網路搜尋器上輸入 "Shakespeare's Sister" 的話,就會立即找到一個同名的女性音樂團體;如果輸入「莎士比亞的妹妹」,就會找到台灣著名的「莎士比亞的妹妹們的劇團」。這些稱謂名號都是典出吳爾芙《自己的房間》,都被當成女性主義認同與實踐的象徵。那就讓我們來看看吳爾芙是如何來講述莎士比亞妹妹的故事。她說莎士比亞假如有一個多才多藝的妹妹叫做Judith:「她和莎士比亞一樣愛冒險,想像力豐富,渴望出去看世界。但是她父母沒送她上學,她沒有機會學文法和邏輯,更不要說閱讀賀拉斯和維吉爾了。」十幾歲的時候,她由家人安排和隔壁賣羊毛的那家兒

吳爾芙的《航向燈塔》 是一本自傳意味濃厚的作品，書中的雷姆塞夫婦即影射吳爾芙自己的父母，內容闡述這家人在夏天海邊度假小屋所發生的事。故事雖然簡單，但相信對當時飽受憂鬱之苦的吳爾芙來說，仍極力想留住每一個曾經歷的美好記憶。這本小說分成三部分：《窗》、《歲月流逝》、《燈塔》。《窗》精確刻畫日常生活夫妻衝突與衝突後心靈契合的和諧；《歲月流逝》以快速筆調描寫十年變遷；《燈塔》敘述喪偶的雷姆塞先生與其子女完成妻子生前未成的燈塔之行，以及受雷姆塞夫人影響的莉莉完成畫作。

（右圖）婦女與嬰兒，1903年畫作。吳爾芙所處的年代，正是維多利亞女王時代的後期，當時社會風氣保守，著眼於女性在於家庭中的意義。吳爾芙的母親正是典型的維多利亞時代婦女，終身為家庭付出。吳爾芙形容母親是「家中的天使」，但她本人卻相當不喜愛社會對女權的貶抑，認為一個女人如果要脫離傳統，就必須殺死「家中的天使」。

子結婚，她哭著說最恨結婚，就被爸爸打了一頓。「在一個夏天晚上，她把衣物打成小包，用繩子從窗戶滑下地面，啟程前往倫敦。那時她還未滿十七歲呢。」這個胸懷大志的女孩，想要像哥哥一樣那樣投身劇場，演而優則編導，但當時的劇院裏根本沒有女演員，所有人只會取笑與捉弄她。後來她被迫懷了劇院經理的孩子，「當一個詩人的心被拘禁、糾纏在一名女性的體內時，是多麼的焦灼、激昂？她在一個冬天晚上自殺了，埋在『大象與城堡』酒店外面、現在公車停靠的一個十字路口。」

吳爾芙質疑，為什麼這樣一個莎士比亞的妹妹，擁有跟哥哥一樣的天分與才情，哥哥成為大文豪，但是妹妹卻自殺了。她的質疑正是企圖帶出社會文化的重男輕女，以及女性創作者沒有房間、沒有財產、沒有資源的困境。而文藝復興時代莎士比亞妹妹所象徵的女性創作困境，卻在後來產生了一個石破天驚的關鍵變化：「因此，十八世紀末期發生一個變化，我認為這個變化比十字軍東征或薔薇戰爭更為重要，如果我重寫歷史，一定會更加詳述，那就是中產階級婦女開始寫作。」

於是在《自己的房間》一書中，吳爾芙認真爬梳了文學史上重要的女性作家，比如十八世紀著名的女作家班恩（Aphra Behn），因為是寡婦，孤苦無依，為維持生活，拚命寫作，並遊走各地。或是《傲慢與偏見》的作者奧斯汀（Jane Austen），平時繭居家中勤於寫作，但家中遇有訪客的時候，就用正在編織的衣物蓋住寫作本，避人耳目，因為彼時社會尚不認可女性從事書寫或文字創作。吳爾芙更舉例，有些女作家甚至還需要採用男性筆名來發表她們的作品，例如伊凡絲（Mary Anne Evans）的筆名是喬治·艾略特（George Eliot），十足男性化的筆名。《自己的房間》包羅萬象，而其中一大重點，便是談論女性文學史的可能和不可能。所謂的「不可能」，有如「莎士比亞的妹妹」作為一種

TOP PHOTO

虛構人物，年紀輕輕就自殺身亡，而所謂的「可能」，則有如少數的女作家走出她們自己的路，開創了日後女作家可以接續的女性文學傳承。

靈魂的藍圖：兩種力量的角力

　　而《自己的房間》的另一個重點，則是「陰陽同體」的理念與理想。若著眼於當代的流行文化，「陰陽同體」的視覺影像幾乎蔚為主流，尤好以男人穿女裝、女人穿男裝來凸顯，像英國著名服裝設計師魏斯伍德（Vivienne Westwood）的時尚設計，讓男人染白髮，穿上小裙子，或是像英國演員史雲頓（Tilda Swinton），她愛穿西裝亮相，從短髮和服裝上無法輕易判斷其性別，而她身為女同志的身分，更讓她在英國電影戲劇界成為陰陽同體曖昧組合的最佳代言人。若回到androgyny的希臘文字源學脈絡，其乃andras男人和gyné女人兩個字源的組合。而在《自己的房間》中，吳爾芙更以「男女同時搭一輛計程車」的視覺意象，來比擬「陰陽同體」。對她而言，「陰陽同體」真正的重點不在生理而在心理，尤其是一個具有創造力的心靈，必須同時兼具陰性和陽性：「看到兩人進去計程車讓我開心，也讓我想到是否和人體有兩性之別一樣，人的腦子也有兩性之分？它們是否也需要結合，才能得到完全的滿足和幸福？然後，以業餘者身分，我草擬心靈藍圖，讓每個人的心靈有兩種力量統轄，一種是男性的，一種是女性的；在男性的腦子裏，男性力量超越女性，在女性的腦子裏，女性力量超越男性。」

　　而吳爾芙更以莎士比亞為例，認為莎士比亞的腦子是「男人女性化的頭腦」：「一個半陰半陽的腦子是容易起共鳴並且是較剔透多孔竅的，所以能夠無隔閡的傳達感情，它是天生富於創造性，熾烈白熱化，並且渾然完整的」。

　　然而吳爾芙在1929年提出「陰陽同體」的談法，卻不斷受到後來女性主義學者的挑戰與質疑，許多人擔心「陰陽同

TOP PHOTO

（上圖）喬治‧艾略特（本名伊凡絲，Mary Anne Evans,1819～1880）畫像。十九世紀英國女作家。當時社會風氣保守，許多女性作家多以男性筆名發表，如喬治‧艾略特、喬治‧桑。

（右圖）湯瑪斯‧哈代（Thomas Hardy，1840～1928）與第二任妻子的合影。哈代的小說《黛絲姑娘》描述鄉下姑娘黛絲一生不幸的遭遇，並藉此批判當時傳統而保守的階級社會，以及社會對於女性的壓抑。

TOP PHOTO

體」作為一種文化的理念與理想，可以上接柏拉圖，下連容
格，僅在凸顯單一個體之內陽剛特質與陰柔特質的完美結
合，而無視於現實文化社會的性別歧視。但若回到吳爾芙作
品中對性別的基進思考，我們反倒可以問：到底什麼叫陰陽
同體？陰陽同體是一加一等於二，還是一加一大於二？或
者有沒有可能是一加一小於一？我們常常開玩笑說一加一
大於二，因為一男一女在一起之後有了小孩，但若是沒有小
孩，也只能一加一等於二，怎麼有可能一加一小於一呢？但
是吳爾芙談的陰陽同體，不是一男加一女，而是企圖「碎形
化」、「微分化」所有「一」作為基本單元思考的慣性模式，
以便幻化出各種時空差異的內在流變。她要讓陰陽同體成為
「流變女人」（becoming-woman），不是男人與女人二元對立

（右圖）莎士比亞《哈姆雷特》插畫，米萊（John Everett Millais,1829 ～ 1896）繪。畫中是死亡的歐菲莉亞。歐菲莉亞因為哈姆雷特的拒絕以及父親之死而精神崩潰，溺死於河中。這個角色同時也代表著父權主義下女性的脆弱。

TOP PHOTO

37

下的女人，而是男人與女人二元對立之外的「陰性」，能徹底解構所有對男人與女人的預設與範疇。

　　因而我們可以說，吳爾芙的「陰陽同體」，不是性別差異的「整合」，也不是性別差異的「逃避」，而是性別差異的「解放」。正如吳爾芙在《歐蘭朵》當中寫到：「如果心靈裏同時有七十二種不同的時間在滴答作響，那會有多少各形各狀的人……同時或異時駐居於人類的靈魂呢？有人說兩千零五十二個。」此處「一」個人向內碎裂成七十二種時間，二千零五十二個自我，歐蘭朵可以是文藝復興時代在橡樹下沉思的詩人，也可以是新古典時期穿著洛可可華麗服飾的貴族，更可以是二十世紀獨立自主的女作家。她們都是歐蘭朵、她們都不是歐蘭朵，歐蘭朵成為一個生命流變的符號、是性別的流體、是時代的氛圍、是歷史的回音；是生命無數的縐褶，無盡開展出N種自我、N種性別、N種認同。

女女相見歡

　　有了這層了解，我們就能進入《自己的房間》另一個書寫的重點：女同志的愛慾。吳爾芙的年代，同性情慾仍是禁忌，她究竟如何透過穿插藏閃的方式，帶出女女情慾的流動呢？首先，她先不改幽默地調侃某位不在場的法官：「妳們

（右圖）電影《歐蘭朵》劇照。導演莎莉‧波特在執導電影時，讓男演員Quentin Crisp反串伊莉莎白女王，而女演員史雲頓飾演男公爵歐蘭朵，在角色配置上重新詮釋了吳爾芙陰陽同體的概念。

Bureau L.A. Collection / CORBIS

TOP PHOTO

保證查特斯‧拜隆爵士沒躲在那個紅窗簾後面？妳們能保證我們這裏都是女人嗎？那我就可以告訴妳們，我讀到的下面的句子是『克蘿喜歡奧莉薇雅……』，不要吃驚，不要不好意思。我們可以在我們女人圈裏私下承認，這種事情有時是會發生，有時女人確實喜歡女人。」

　　但有趣的是，吳爾芙在這裏用的動詞是like，而不是love，更為委婉幽微。她接著便要聽眾／讀者想像一下莎士比亞名

（上圖）古希臘女子壁畫，有人認為這描繪的是希臘女詩人莎芙。莎芙的許多作品中都有其對女學生的愛，因此被認為是最早的女同性戀者。女同性戀者 "Lesbian" 即以她的出生地Lesbos作為代稱。

E.O. Hoppé / CORBIS

（上圖）維塔・韋斯特（Vita Sackville-West,1892 ～ 1962），吳爾芙的同性戀人，也是小説《歐蘭朵》主角的範本。

（右圖）畫家路易斯（Wyndham Lewis,1882 ～ 1957）筆下的吳爾芙，約繪於1921年。路易斯是十九世紀前衛藝術的代表人物，他與吳爾芙所屬的布魯姆斯貝里團有截然不同的藝術理念。

劇《安東尼與克萊奧佩特拉》的另一種可能，讓互為情敵的兩個女人克萊奧佩特拉與奧克塔維雅墜入情網。然後她在回到原先『克蘿喜歡奧莉薇雅』的故事繼續發展：「『克蘿喜歡奧莉薇雅。她們兩人共用一間實驗室……』我繼續讀下去，發現這兩個年輕女人的工作是把肝切碎，這似乎可以治療惡性貧血，雖然她們其中之一已經結婚，而且，如果我沒搞錯的話，應該是有兩名幼年子女。」她用這個來影射一件發生在1928年的事情，當年有一個非常重要的審判官司，就是霍爾（Rodeclyffe Hall）這個女作家，她在1928年出版了《寂寞之井》（*The Well of Loneliness*）一書，她非常隱晦地提到女女愛戀的關係，結果被控公然猥褻，而法官就判了這本書違禁（此法官大人正是吳爾芙在前段落所嘲笑調侃的那位）。因為這個官司，吳爾芙本人還曾親自出庭為霍爾作證，表明《寂寞之井》絕對是一本好小説，而非淫穢之書。對吳爾芙來説，這是一個女性文學史與同志文學史上關鍵性的審判事件，而吳爾芙在同年也出了一本書偽傳記《歐蘭朵》（*Orlando: A Biography*），雖然這本偽傳記的初版封面是一個男人，禿頭蓄著鬍子，拿著劍，穿著十六世紀時候的服飾，但書中的內容則是描寫一個活了三百多年的人，出生時是男人，後來昏睡起來變成女人，一個既愛男人也愛女人的人。而這本偽傳記正是以吳爾芙的女性愛人同志維塔（Vita Sackville West）為藍本，亦題獻給維塔，莫怪乎該書亦被稱作文學史上「最長的情書」，女人寫給女人，一如在《自己的房間》中穿插藏閃的「克蘿依喜歡奧莉薇雅」。

時「間」、空「間」、自己的房「間」

而《自己的房間》中最後也是最重要的主題，就是自我的解構。吳爾芙在該書的結構上，採用十六世紀的歌謠《四個瑪麗歌謠》（Ballard of the Four Marys）作為發展敘事的基礎：「一、兩週前，十月的一個晴天，我（妳們可以叫我瑪麗・

TOP PHOTO

霍爾（1880 ～ 1943）英國詩人與作家，本身是位同性戀者，曾引用他人的話形容自己是「天生的倒錯者」。她的代表作《寂寞之井》（*The Well of Loneliness*）出版於1928年，描寫一個年輕的女同性戀者追求愛情，和掙扎著為社會所接受的故事。由於其爭議性的主題，此書出版不久後便被禁，經過了二十年才重見天日，被喻為標誌性的女同性戀小說。在此之前，霍爾早已完成不少備受好評的小說與詩集，但她渴望能寫出自己的心聲，改變大眾對女同性戀的負面觀感。此書使同性戀跳脫精神分析與道德的討論範疇，而進入藝術與文學的發展領域。

貝頓、瑪麗・塞頓、瑪麗・卡麥克，或隨便什麼都可以，這一點也不重要）坐在河邊沉思。」

雖說此歌謠內容與《自己的房間》不搭調，但前者的多重聲音敘述卻讓後者成為擺盪在多重敘述者之間的新「後設」文類，既像散文，又像評論，更像小說。「我無需說明我將說的情況根本不存在，牛橋這個詞是發明的，芬翰學院也是如此；第一人稱『我』只是方便稱呼那些沒有實質的人。」

就如吳爾芙所不斷強調的，「小說較易包含比事實更多的真理」（Fiction is likely to contain more truth than fact.）。《自己的房間》像小說，又不像小說，像散文，又不只是散文。然而吳爾芙正是透過此多重的敘事技巧與文類的曖昧擺盪，成功表現出她生命哲學的基本信念：潮起潮落，浪奔浪流，小寫生命體的湧現與消失，拍擊與潰散，乃是大寫生命體的動能勢能、韻律節奏。於是所有單一化、個體化的小寫生命體，都是大寫生命體的緣起性空，於是所有小寫生命體不再是慣性思考中的「一」，而是「一」在時間中的流變。

在此我們願意以「間」這個字作為閱讀《自己的房間》一書的結尾。「間」的英文是in-between，重點不僅是彼此之間，重點更是in 與between之間的視覺連接符號「－」，此符號亦在當代理論中代表「流變」與「生成」。而中文的「間」乃會意字，有兩扇門，門縫中透出月光，這表示什麼呢？一扇門與另一扇門之間有縫隙，有間隙。但間隙為什麼是我們了解《自己的房間》的最終關鍵字呢？就像這篇文章的題目「逃逸路線」，逃逸路線不是逃避也不是逃跑，而是不斷在「間」當中流變生成，創造差異，正如《自己的房間》不斷讓「女性書寫」流變成「陰性書寫」，不斷在美學與政治之間滑動。《自己的房間》所凸顯的，正是「間」美學／政治，由「間」去顛覆「自己」與「房」作為獨立固定的指涉，讓「擁有」（one's own）的封閉性，能真正成為「非擁有」的開放性、「非人稱」的流動性、「非主體」的創造性。

房間絮語

摘錄自《自己的房間》

鄒蘊盈

生於香港，早年於香港理工大學及英國肯特設計學院修讀視覺藝術。
2003年正式為全職畫畫人，達成了小時候當畫家的願望。2004年開第一個畫展「盲頭烏蠅」（Blind Fly）。
2007年舉辦了第四個個人畫展「黑羊」（Black Sheep）更為人認識。
同年正式開設的個人畫廊Wun Ying Collection Gallery。

男人是透過黑色與粉紅色的鏡片去觀察女人，而那鏡片加入了「性別」，他們能了解的是多麼有限。因此，小說中女人的特別個性，她的美麗和可怕這兩種令人驚訝的極端典型，她們偶爾如天使般的善良，

偶爾如地獄般的邪惡……

第五章《伸展探險的觸鬚》

她才十多歲，就要被許配給住在附近的羊毛商之子。
她大哭說她最恨結婚，因此被父親痛打了一頓。
後來，他不再責罵她，卻哀求她不要傷害他，
不要在婚姻這個問題上讓他丟臉。

她怎麼能不聽話？怎麼能讓他傷心？
但她的天賦給她力量，讓她做出決定。

第三章《就像狗用後腳走路》

我們可以在我們女人圈裏私下承認，這種事情有時是會發生，有時女人確實喜歡女人。如果克蘿喜歡奧莉薇雅，而且瑪麗·卡麥克知道怎麼表達，她將是在尚未有人到過的密室點燃一支火炬。這間密室半明半暗，陰影重重，就像那些蜿蜒的洞穴，有人拿蠟燭進去上下窺視，不知道自己步向何處。

第五章《伸展探險的觸鬚》

我草擬心靈藍圖，讓每個人的心靈有兩種力量統轄，一種是男性的，一種是女性的；在男性腦子裏，男性力量超越女性，在女性的腦子裏，女性力量超越男性。

一個人如果只是純粹單一的男人或女人，他就完了；他必須是像男人的女人，或像女人的男人。一個女人如果稍微強調她的怨恨，或為了任何原因懇求公平正義，刻意以女人身分說話，她就完了。這個完了不是比喻而已，因為任何基於那種刻意偏見所寫的東西都是天命已盡。

第六章《兩性同體的包容性》

49

他是學校管理員，而我是個女子。
這是他們的領土、他們的小徑，只有學者和研究員
可以走，我應該走碎石路。
我能責怪那些學者、研究員和大學其他人員的，
只是他們在保護他們已延續三百年的勢力範圍時，
卻使我思想的小魚兒被逼得不得不躲藏起來。
第一章《婦女與小說》

我回想我杜撰的莎士比亞妹妹的故事，我不禁想到尼克‧格林曾說，女人演戲讓他聯想到狗在跳舞。兩百年後，約翰生在談到女人傳教時重複這個詞句。

……這是公元1928年的
今天，卻還有人用這些詞
句批評嘗試作曲的女子。
……「先生，女人作曲就
像狗用後腳走路，雖然走
得不好，但你會很意外地
發現它也能走。」
第三章《就像狗用後腳走路》

The non-stop game
chau c. 07 June

再給她一百年的時間──有人突然拉開客廳窗簾，可以看到人的鼻子和裸露的肩膀，背景是遍布星辰的天空──給她一個自己的房間和每年五百英鎊，讓她說出自己心裏的話，把現在放在書中的材料剔除一半，她有朝一日會寫出一本更好的書。

第五章《伸展探險的觸鬚》

如果她真是閒遊浪蕩、
快活度日的話，臉上又
沒有留下多少快樂的痕
跡。這位老太太外型樸
實平凡，披著格子圍
巾，圍巾用大浮雕瑪瑙
別針固定住。……
如果她去做生意，變成
人造絲廠商，或股票證
券大亨，如果她遺留
兩、三千英鎊給芬翰學
院，我們今天晚上就可
以閒坐，話題也可能是
環圍在考古學、植物
學、人類學、物理、原
子特性、數學、天文
學、相對論和地理了。

第一章《婦女與小說》

我請求妳們寫各種的書，不論主題多麼瑣細或廣泛都不要遲疑。我希望，妳們能利用各種方式擁有足夠的錢，可以去旅行，也可以無所事事，去思考世界的過去或未來，為書籍做夢，在街頭閒逛，讓一串串思潮沉沒在溪流深處。

第六章《兩性同體的包容性》

Building a Beautiful mosaic together. chau 'c o6 July 10

如果我們稍微避開共用起居室，而且觀察別人時不是去
看他們的人際關係，而是去看他們與「真實」的關係；
並且也去看看天空、樹木，以及其他東西的本性；

如果我們的視線能超越米爾頓的鬼魅，因為沒有人的視
線應該被擋住；如果我們面對事實，就因為那是事實，而
且沒有人會給我們援手。但是我們單獨前進，我們的關係
是與世界真實的關係，而不只是男人與女人的世界。

第六章《兩性同體的包容性》

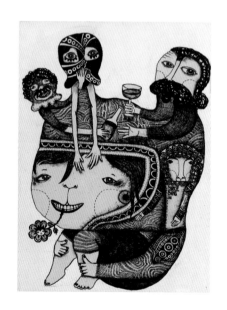

原典選讀

維吉尼亞・吳爾芙 原著

陳惠華 譯

志文出版社授權使用

第一章

婦女與小說

妳們可能會說,我們是要妳來講「婦女與小說」的,這和自己的房間有什麼關係呢?我會努力跟妳們解釋。妳們邀請我談「婦女與小說」時,我到河邊坐下,開始思考這些字的意思。它們可能只是指評論一下芬妮‧柏尼①,然後說說珍‧奧斯汀②,讚美勃朗特姊妹③,略述大雪之下的哈沃茲屋,還有,如果可能的話,引用密福德小姐④的俏皮話,有禮貌地提提喬治‧艾略特⑤,再說一下蓋斯科夫人⑥,這樣就可交差了事。但是再看一遍,這些字好像並不那麼單純。「婦女與小說」這個題目可能是說,妳們可能就是這麼想的,婦女以及婦女是什麼樣子;也可能是指婦女與她們所寫的小說;還可能是婦女與一些有關於她們的小說;甚至是上述三種意思錯綜複雜糾纏在一起,而妳們希望我從那個角度加以考慮。但是,當我從可能是最有趣的最後一個角度思考時,我很快就發現這個角度有致命的缺點。我永遠無法得到結論。我永遠無法盡到我所知道的演講者的第一要務,也就是,在發表一個小時純粹的真理後,讓聽眾在筆記本記下可以供在壁爐上面的永垂不朽結論。我只有一個渺小的觀點可以提供,那就是婦女必須有金錢與自己的房間才可能寫小說。但是,這顯然沒有解決婦女與小說的本質是什麼的大問題。我逃避責任,沒有對婦女與小說這兩個問題下結論。對我來說,到目前為止,

它們仍是無法解決的問題。但為了對我的意見做補充，我將盡可能地讓妳們明白我為何認為必須有房間和金錢。我會盡量把在我腦中發展成這種想法的一連串思潮完整、毫不保留地呈現在妳們面前。我如果把所有想法呈現出來，妳們也許會發現，這項聲明背後的偏見，有些和婦女，有些和小說有關。不管怎麼說，談到爭議性激烈的主題時，不能冀望大家都講真話，涉及性別的問題就是如此。每個人只能表達自己有這種意見的原因，讓觀眾在觀察演講者的限制、偏見和個人特質後，有機會自己下結論。在這種情況下，小說可能會比事實更真切。因此，我想善加利用小說家的隨意任性，告訴妳們我在演講前兩天的故事。妳們的題目成為我肩頭無比沉重的負擔，我不斷思考，讓它成為我每天生活的重心。我無需說明我將說的情況根本不存在，牛橋⑦這個詞是發明的，芬翰學院⑧也是如此；第一人稱「我」只是方便稱呼那些沒有實質的人。我將說一大堆編造的話，但其中可能也會夾雜一些真相。妳們應該設法探尋其中的真相，看看是否有值得保留的東西。如果沒有，那當然可以把它們全部扔進垃圾桶裏，忘得一乾二淨。

　　一、兩週前，十月的一個晴天，我（妳們可以叫我瑪麗‧貝頓、瑪麗‧塞頓、瑪麗‧卡麥克⑨，或隨便什麼都可以，這一點也不重要）坐在河邊沉

思。我剛才說過的那束縛的領巾，婦女與小說，這個題目會引起各種偏見和激烈的情緒，但我必須為它下點結論，這項任務把我壓得頭俯向地面。左右的樹叢，金黃的、鮮紅的，發出艷麗光芒，甚至炎熱得像在燃燒。在更遠的河岸，楊柳枝條垂落，亙古不變地在低垂悲泣。河面隨意地反映出天空、橋樑和烈火燃燒般的樹木，一個大學生在划船，劃破倒影飄然而過，水面迅速復合，完整得有如他未曾出現一樣。這兒真的可以靜坐沉思終日。思想，這個名稱聽起來好像很神氣，它一絲絲地滑入水流，在倒影和野草間穿梭，一分鐘接一分鐘地在各處擺蕩，隨著河水升沉，一直到大家知道的那種頓悟出現：思潮突然凝聚，然後小心翼翼地將它牽曳捕捉，並細心地擺開。唉，擺到草地後發現這些思想是多麼貧瘠渺小，是那種好漁夫釣起來後，又放回水中的小魚，盼望牠以後能長得肥壯豐腴，再釣上來烹飪享受。我現在不想用那種思想來打擾妳們，不過，妳們如果仔細研究我接下來要說的話，或許能發現它是什麼。

　　這個思想儘管渺小，卻很神秘，放回腦中後，它又立即顯得極其重要有趣。它衝刺、沉沒，四處穿巡，思潮變成驚濤駭浪，不可能再靜坐不動了。因為如此，我發現自己往前衝，大步跨過草地。但馬上有一個男人冒出來阻擋，起先我不知道這個穿

禮服和晚宴襯衫的怪人是在跟我打手勢，他顯得驚恐、憤怒。我直覺、不用推理，就領悟到他是學校管理員，而我是個女子。這是他們的領土、他們的小徑，只有學者和研究員可以走，我應該走碎石路。這些想法頓時在我腦中閃過。我換走碎石路後，這個管理員手臂才放了下來，臉孔也恢復往常的平靜。石子路雖沒有草皮舒服，但也沒有對我造成重大的傷害。我能責怪那些學者、研究員和大學其他人員的，只是他們在保護他們已延續三百年的勢力範圍時，卻使我思想的小魚兒被逼得不得不躲藏起來。

我現在已不記得當時是怎麼想的，怎麼會那麼旁若無人地穿越別人的土地？平和的心靈像雲層從天空向下籠罩，它若能停駐於一個地方，那就是在十月一個晴朗的上午，在牛橋大學的校園與中庭。漫步經過那些學院，穿越那些古老的廳堂，現實生活中的粗糙似乎被磨平了，身體似乎被控制在沒有聲音可以穿透的神奇玻璃櫃中，而心靈也和任何事實沒有接觸（除非又穿越別人的土地），可以視當時的情況隨心所欲地冥想。我曾經讀過一篇文章，提到在漫長假期中重訪牛橋大學，讓他想到蘭姆⑩。薩克萊⑪說的聖查爾斯，他把蘭姆的一封信放在額頭。真的，在所有那些死者當中（我想到什麼就說什麼），蘭姆是最深得人心的，你會很想問他，他

是怎麼寫文章的？因為，我認為他的文章甚至比極為完美的馬克斯·畢爾邦[12]更好，因為它們具有最渾然天成的想像力、迅如疾雷的才氣，這些特質讓它們有瑕疵、不完美，卻詩意盎然。蘭姆後來在大約一百年前，來到這些名校。他當然寫過那篇文章[13]，文章名稱我不記得了，是關於他在這裏看到一篇米爾頓[14]的詩作手稿。也許是《利西達斯》[15]。蘭姆寫到，光是想到這首詩可能有些字經過修改，就令他震驚。對他來說，認為米爾頓曾修改那首詩的某些字就是某種不敬。這讓我想到，我記憶中的那首詩，並揣摩米爾頓可能改過的那些字，以及為何修改；我以此娛樂自己。我想到，蘭姆目睹的那篇手稿離我才一兩百碼遠，我可以跟隨他的腳步穿過中庭，到那個收藏這件寶貝的著名圖書館欣賞。我把這個想法付諸行動時，還想到薩克萊的作品《艾斯蒙》[16]的手稿也收在這間圖書館裏。批評家常說，《艾斯蒙》是薩克萊最完美的一部小說。但它矯揉造作，模仿十八世紀風格，我覺得這影響到它的成就，除非他天生就具有十八世紀風格，這我們可以從他的手稿，獲得他是為風格還是為意蘊而修改的證明。但要這樣，我們得先決定什麼是風格，什麼是意蘊，這個問題——想到這兒，我事實上已走到通往圖書館的門。我一定是打開了門，因為一個和氣的銀髮紳士立即出現，像守護天使擺蕩著黑袍，

而不是白色羽翼，阻擋了我的去路。他揮手要我後退，遺憾地低聲表示，女士要有大學研究員陪伴或寫介紹信，才能進入圖書館。

【注解】

①芬妮・柏尼（Fanny Burney, 1752～1840），英國女作家。擅長家庭小說，代表作為《伊芙莉娜》（1778）。

②珍・奧斯汀（Jane Austen, 1775～1817），英國最具代表性的小說家之一。廣為人知的作品有《傲慢與偏見》和《愛瑪》等。吳爾芙的《珍・奧斯汀論》（1913），則明確顯示出她對前輩作家的高度評價。

③夏綠蒂（Charlotte, 1816～55）、愛彌麗（Emily, 1818～48）、安（Anne, 1820～49），勃朗特（Brontë）三姊妹作家。三人短暫的一生，幾乎都在約克郡的偏僻小村哈沃茲的牧師父親宅邸中度過。夏綠蒂以《簡愛》，愛彌麗以《咆哮山莊》，安以《瓦爾德費宅邸的居民》飲譽文壇。

④密福德小姐（Mary Russell Mitford, 1787～1865），英國女小說家、劇作家。有描繪英國田園的自然與人生的短篇集《我的村莊》。

⑤喬治・艾略特（George Eliot, 1819～80），英國最具代表性的小說家之一。以登場人物的道德窘境為主題的各作品，被視為是英國近代小說的濫觴。其代表作為《密德馬契》。

⑥蓋斯科夫人（Elizabeth C. Gaskell, 1810～1865），英國女作家。產業問題小說《瑪麗・巴頓》作者，曾為夏綠蒂・勃朗特寫傳記。

⑦牛橋（Oxbridge），牛津與劍橋合成的大學名。

⑧芬翰學院（Fernham），吳爾芙模仿劍橋紐翰女子學院杜撰出來的學院名。

⑨這三個名字乃來自題名為《瑪麗・漢彌頓》（F. J. 查爾德編《英國及蘇格蘭的民謠》）的民謠中如下的一節：

　昨晚有四個瑪麗，

今夜只有三人。

瑪麗‧塞頓

瑪麗‧貝頓

瑪麗‧卡麥克

以及我。

⑩查爾斯‧蘭姆（Charles Lamb, 1775～1834），以《伊利亞隨筆》知名的英國詩人、散文家、評論家。

⑪薩克萊（William Makepeace Thackeray, 1811～1863），維多利亞王朝中期的代表性小說家。《浮華城市》為其代表作。薩克萊有一個婚後第四年就發瘋的妻子伊莎貝拉，據費茲傑羅的信（1878年四月四日寫給C. E. 諾頓）中說，有一次他看到蘭姆寫的語無倫次的信，同情蘭姆一生都在盡心照顧發瘋的姊姊瑪麗，將信按在額頭上，說「聖查爾斯呀」。顯示薩克萊認為自己對蘭姆的盡心奉獻根本就是望塵莫及（W. A. 萊特編《愛德華‧費茲傑羅信簡及遺稿》〔1889，三卷〕）。

⑫馬克斯‧畢爾邦（Max Beerbohm, 1872～1956），英國散文家、諷刺畫家。以充滿輕妙機智和諷刺的社會、文學評論知名。

⑬指的是題名為《休假中的牛津》（收入《伊利亞隨筆》）這篇散文。蘭姆每年休假期間最喜歡在大學城度過。

⑭米爾頓（John Milton, 1608～1674），英國最具代表性的詩人之一，其最偉大的傑作《失樂園》，被視為是英國史詩的最高峰。

⑮《利西達斯》（Lycidas），米爾頓悼念溺斃的友人愛德華‧金格的輓詩（1637）。

⑯薩克萊的歷史小說《亨利‧艾斯蒙》。用當時的文體描繪出十八世紀初期的英國社會。

我注視書架上的莎士比亞作品，不由想到，儘管如此，那位主教的說法至少有一點是對的，那就是莎士比亞那個年代完完全全絕對不可能有任何婦女寫得出莎士比亞的劇本來。因為真相難得，我只好憑想像猜測莎士比亞有一個極具天賦的妹妹，我們假設她叫茱蒂絲①，她的遭遇可能如何。莎士比亞可能上過學，這是很可能的，因為他的母親繼承了一些遺產。他在學校可能學了拉丁文——奧維德②、維吉爾③和賀拉斯④——以及文法與邏輯原理。大家都知道，他從小就是野孩子，偷捕兔子，也許還射殺過鹿⑤，而且未及婚齡就娶了一個鄰居的女子，不到十個月，她就生下了他的小孩⑥。這段荒唐事促使他往倫敦尋求財路。他似乎很喜歡戲劇，開始時在舞台的門口替人看馬，但很快就參與演出，變成成功的演員，住在世界的中心都市，與每個人結交，和各種人認識。他在舞台磨練他的藝術，在街頭運用他的機智，甚至得以出入女王的宮闕。在此同時，我們假設，他那極具天賦的妹妹仍住在家裏。她和莎士比亞一樣愛冒險，想像力豐富，渴望出去看世界。但是她父母沒送她上學，她沒有機會學文法和邏輯，更不要說閱讀賀拉斯和維吉爾了。她偶爾會撿到一本書，也許是哥哥的書，讀一兩頁。可是，她的父母就會進來，要她去補襪子，或看燉煮的肉，不要對著書本或紙張發呆度

日。他們態度和善，語氣卻很嚴肅，因為他們很實際，知道一個女人一生的狀況。他們很愛女兒，真的，她很可能是父親的掌上明珠。她也許偷偷摸摸地在堆放蘋果的閣樓上寫幾頁，但會小心收藏或把它燒掉。然而，不久，她才十多歲，就要被許配給住在附近的羊毛商之子。她大哭說她最恨結婚，因此被父親痛打一頓。後來，他不再責罵她，卻哀求她不要傷害他，不要在婚姻這個問題上讓他丟臉。他說，他會送她一串珠寶或一條漂亮的襯裙，他說話時，眼中含淚。她怎麼能不聽話？怎麼能讓他傷心？但她的天賦給她力量，讓她做出決定。在一個夏天晚上，她把衣物打成小包，用繩子從窗戶滑下地面，啟程前往倫敦。那時她還未滿十七歲呢。她的音感比在籬笆唱歌的鳥兒還好，她對語言聲律具有最敏銳的天賦，就像她哥哥一樣。她也像哥哥一樣喜歡戲劇⑦。她站在舞台門口，她說，她想演戲。那些男人當她的面大笑。經理是一個愛亂說話的胖子，他哈哈大笑，吼著說什麼獅子狗跳舞和女人演戲。他說，女人絕不可能當演員。他暗示，妳們可以想像他暗示什麼。她無法在這個行業得到訓練，甚至想到酒店吃晚餐或半夜在街頭遊蕩都有困難。但是她的天賦是在編撰小說方面，她渴望在男女的生活中以及研究他們的行為方式中，得到大量的養分。終於——因為她非常年輕，又長得很像那

位詩人莎士比亞，他們都有灰色的眼睛和弧形的眉毛，後來演員兼經理的尼克‧格林⑧很同情她。她發現自己懷了那位紳士的孩子，後來——有誰能測量，當一個詩人的心被拘禁、糾纏在一名女性的體內時，是多麼的焦灼、激昂？她在一個冬天晚上自殺了，埋在「大象與城堡」⑨酒店外面、現在公車停靠的一個十字路口⑩。

我想，莎士比亞時代的任何婦女如果有莎士比亞的天賦，她的一生大概就是如此。至於我，我同意那位已故主教的看法——假如他真是主教的話——也就是很難想像當時會有任何婦女具有這種天分。因為像莎士比亞這種天才不會在勞苦、未受教育、做奴役的人當中產生，不會在英國的薩克遜人⑪和不列顛人⑫當中產生，在今天也不會在工人階級當中產生。依此推理，他怎麼可能生為女人？因為根據崔佛揚教授，女人幾乎還沒離開保母就得開始工作，父母逼她們，所有法律與習俗也要她們如此。但是，婦女之中一定有某種天才，就像勞工階級也一定會有天才一樣。偶爾會有一個愛彌麗‧勃朗特或羅柏特‧柏恩斯⑬發出光輝，顯示有天才存在於那些人當中。但他們從未有機會上書報。然而，每當我讀到一個女巫被推入水中，一個女人遭惡魔附身，一個聰慧女子賣草藥，甚至一個傑出男子有一位賢母，我就會想到我們可能尋跡找到一個失去的

小說家，一個被壓抑的詩人，一些未能吐露心聲、不為世人所知的珍・奧斯汀，還有一些愛彌麗・勃朗特在荒野挖空心思，或因受才氣折磨在路上瘋癲皺眉頭。真的，我會大膽假設：那些寫了很多詩卻未具名的無名氏多半是女人。我想是愛德華・費茲傑羅[14]說的，他認為是女人創作敘事詩與民歌，她們低聲唱給孩子聽，在織布時，以此排遣自娛，或度過漫長冬夜。

這種說法可能對，也可能不對，誰知道？但是我覺得我杜撰的莎士比亞妹妹的故事有幾分真實，那就是，一個才華洋溢的女子若生長在十六世紀，一定會發瘋、自殺，或住在村外孤宅，被人視為半是女巫半是魔術師而畏懼並加以嘲弄。我們不需要太多心理學知識，就知道一個天分很高的女孩要寫詩，準會受到他人諸多阻撓與干擾，並被自己內在的矛盾分割、折磨到喪失健康與神智。一個女孩走到倫敦、站在舞台門口、硬衝到演員經理前面，也肯定會遭受傷害，受到痛苦。這些折磨也許沒有道理，因為貞節是某些社會為了不可知的理由而發明的一種崇拜，可是她們卻無法逃避。貞節在那個時候，甚至到現在，對女人一生都是像宗教般的重要。它被神經與本能層層包裹，要將它打開、攤在日光之下，那是需要不尋常的最大勇氣。對一個十六世紀的女人來說，要在倫敦作為一個詩人或劇

作家、過自由生活，心理壓力一定很大，一定經常左右為難，這些都可能使她活不下去。就算她活下來，她寫的所有東西也會被人以僵化、病態的想像力扭曲到變形。我注視沒有女人劇作的書架，心想，她們毫無疑問地不會在作品上署名。她們一定會尋找這樣一個藏身處。這是貞節觀念的遺毒，它要女人成為無名氏，甚至近到十九世紀都是如此。庫倫·貝爾⑮、喬治·艾略特、喬治·桑⑯都是這種內心掙扎的受害者，她們用男性名字掩飾自己是女性的事實，她們的作品卻證實沒有多大的效果。她們向傳統低頭，這種觀念即使不是另一種性別灌輸，也是他們積極鼓勵的想法（培瑞克里斯⑰說，女人的重要榮譽是不要被人談論，然而他自己卻是被人談論最多的男子），他們認為女人出名令人憎恨。隱姓埋名已成為流在她們血液中的基因，將自己深藏的願望，仍然盤據在她們心裏。即使到今天，她們也不像男人那麼關注名聲，大體說來，經過墓碑或路標時，通常不會像男人一樣，有難以遏制的欲望，想去刻上自己的名字，像艾夫瑞⑱、柏特⑲、查爾斯等人。他們服從本性，這種本性在他們看到漂亮女人經過，甚至只是一條狗時，他們一定會低語「但願那是我的」。當然啦，那也不一定是狗，我聯想到議會廣場⑳、德國柏林的紀念碑㉑，還有其他大道。那也可能是一片土地或一個黑髮鬈

曲的男人㉒。當女人的最大優點是，即使走過一個漂亮的黑種女人旁邊，也不會想去把她改造為英國女人。

那個生長在十六世紀、有詩歌天賦的女人並不快樂，她過著自我矛盾的生活。她的一切生活狀況、她自己的本性都與她的心理狀態作對，心理狀態需要把腦中的一切思慮抒發出來。但是，我又要問，哪種心理狀態最適合創作？我們有辦法知道在什麼狀態下可以進一步從事那種奇怪活動嗎？現在，我翻開談論莎士比亞悲劇那一冊，想了解譬如他撰寫《李爾王》和《安東尼與克麗歐奧佩特拉》時，是基於什麼心理狀態？那一定就是最適合創作歷來最佳詩篇的狀況。但是，莎士比亞本人隻字未提，我們也只是在無意間知道「他從來不塗改詩句」㉓。這位藝術家從未談過自己的心理狀態，心理狀態這個問題大概到十八世紀才有人提起。可能是由盧騷㉔先開始的吧。總之，到十九世紀，自我意識急遽發展，文人慣於在懺悔錄和自傳中描述自己的心態。也有人開始撰寫文人生平，他們死後，書信也相繼出版問世。因此，我們雖然不知道莎士比亞撰寫《李爾王》時的心路歷程，卻了解卡萊爾㉕寫《法國大革命》時的經歷，福樓拜寫《包法利夫人》的感受，以及濟慈㉖寫詩抗議死神即將來臨與世人冷漠無情時的心境。

有關懺悔告白和自我分析的現代文學數量龐大，我們因此得知，要寫出天才作品幾乎都是極端困難的偉大事業。大概所有事物都不太可能與作者的心態完全一致，通常外在物質環境就不配合。狗會吠叫，別人會干擾，必須賺錢維生，健康會惡化。此外，還有會使這些困難加劇，更難忍受的是世人惡名昭彰的冷漠無情。它不要求人們寫詩、小說和歷史，它並不需要這些。它不在乎福樓拜是否找到適當的詞彙[27]、卡萊爾是否小心為這個或那個事實求證。它當然不會為它不需要的東西付出任何代價。因此，作家如濟慈、福樓拜、卡萊爾等人，飽嘗各種外界干擾與心理挫折，尤其是在年輕時的創作年代。從那些分析與告白的書中發出一種咒罵，一種痛苦的吶喊。「偉大的詩人死於貧困」[28]，這是他們詩歌裏的基調。如果在這些艱難下還會有作品產生出來，那真可以說是奇蹟了；而且，也許沒有任何作品在問世時還完全符合最初的構想、未受損傷的。

我注視那些空蕩蕩的書架，心想，這些困難對女人來說更加難以克服。首先是，即使到十九世紀初期，要有自己的房間仍然不可能，更不要說什麼安靜的房間，或有隔音設備的房間了，除非她的父母特別富有，或非常寬宏大量。她父親若很和善，她可能會有一些零用錢，但因數額很少，只夠她的

服裝費，連貧窮的男人，像濟慈、丁尼生或卡萊爾能有的一點小享受，她都無法獲得，像徒步旅行、到法國做短暫的遊歷，或與家人分開的住處。那些住處即使情況很差，仍舊可以保護她們，使她們免受家人無理要求與暴虐對待。這種物質困難很難克服，但非物質的困難更加艱辛。濟慈、福樓拜和其他天才男子發現世人的冷漠無情難以忍受，對女人而言，則不只是冷漠無情，而是仇視對立。世人對她們說的話和對男人說的不同，不是說「你要寫就去寫，與我無關」。而是發出爆笑嘲弄：「寫作？妳的作品能有啥用？」我一面注視書架上的空隙處，一面想，紐翰和格頓學院的的心理學專家也許可以協助我們，因為現在應是測量銳氣受挫如何影響藝術家心靈的時候了。我曾經看過一家奶品公司做試驗，測量普通牛奶和優質牛奶對老鼠身體發育的影響。他們把裝著兩隻老鼠的籠子並放，其中一隻畏縮、膽怯、瘦小，另一隻則毛髮發亮、大膽、塊頭大。現在，我們拿什麼滋養女性藝術家？我回想到吃李子乾和雞蛋布丁的那頓晚餐。要回答這個問題，我只要打開晚報讀柏肯赫爵士的意見就可揭曉。不過，說真的，我不想自找麻煩，在討論婦女寫作的文章抄錄他的意見。英格教長說的話，我也不想去碰。哈雷街◎的專家也許可以在那條街高聲吶喊到引發回應，但全然不能驚動我一根髮絲。不

過，我要引述奧斯卡·白朗寧先生的話，因為他曾經是劍橋大學的大人物，常為格頓和紐翰學院的學生舉行測驗。他經常宣稱：「他評估所有測驗後的印象是，不管他給多少分數，從才智方面來看，最好的女生仍舊比不上最差的男生。」說完這番話，他回到房間——就憑他這種結論，使他備受大家所敬愛，並顯示他這個大人物的風采——他回到房間，發現一個馬廄小僕躺在沙發上。「就像一個骷髏，面頰蒼白、凹陷，牙齒黑黑的，看來四體不勤……白朗寧先生說：『那是亞瑟。』『這個男孩真的很可愛，而且相當高傲。』」這兩個畫面對我來說似乎是相輔相成。剛好這是傳記年代，這兩個畫面經常互補，讓我們不只可以用他的話，還可以用他的行為，來解釋他的意見。

上述的事現在雖然是可能的，但是因為這種意見出自重要人物口中，即使是在五十年前，仍是夠駭人的。我們假設有一個動機極為崇高的父親，他為了不希望女兒離家成為作家、畫家或學者，就可能說：「你看，奧斯卡·白朗寧先生這麼說的。」況且，不只是白朗寧先生，還有《星期六評論》[30]，以及葛雷格先生。葛雷格先生強調：「女人天生就是要依靠男人的，她們必須服從男人。」[31]這種出自男性觀點的意見數量龐大，使得大家都不認為女人的才智有什麼可指望的。因此，就算父親沒有高

聲宣讀這些意見，女兒自己也會去讀啊！即使是在十九世紀，這種體認也一定會磨損她的活力，而且對她的作品發生鉅大的影響。她們必須隨時與這種「你不能做這個，你沒能力做那個」的斬釘截鐵言論對抗，克服這些障礙。對一位小說家來說，這種病菌不再有巨大的效力，因為已經有一些女性小說家在文壇成就斐然。但它對畫家一定是還有一些作用；而且，我想，對音樂家則是迄今仍具劇烈毒性。女性作曲家今日的地位，就如莎士比亞時代的女演員的地位。我回想我杜撰的莎士比亞妹妹的故事，我不禁想到尼克‧格林曾說，女人演戲讓他聯想到狗在跳舞。兩百年後，約翰生在談到女人傳教時重複這個詞句。而在這裏，我打開一本談音樂的書，我要說的是，這是公元1928年的今天，卻還有人用這些詞句批評嘗試作曲的女子。「談到潔敏‧戴耶費爾小姐[32]，我只能重複約翰生博士有關女性傳教士的格言[33]，轉用來形容音樂。『先生，女人作曲就像狗用後腳走路，雖然走得不好，但你會很意外地發現它也能走。』」[34]歷史是如此精確地不斷在重複。

我合上奧斯卡‧白朗寧的傳記，也把其他的書推開。我的結論是，這是很明顯的，甚至到十九世紀都是如此，女性想當藝術家仍然無法得到鼓勵，反而會被冷落、怒斥、說教和勸戒。她一定因為需要

反對這個，不同意那個，而承受各種壓力、士氣低落。我們現在再度進入那個非常有趣、卻少為人知的「男性情結」領域，它對女性運動產生巨大的影響。男人那種根深蒂固的欲望，重點倒不是女人一定得較差勁，而是男人一定要占優勢。這種心態適用於觸目所及的各種領域，他們不僅要站在藝術前端，還要阻擋女人政治道路，即使是非常不可能會影響到他們，而且懇求者極其謙卑忠誠。我想到，即使是熱愛政治的貝斯柏洛夫人㉟寫信給格蘭維爾‧李維斯頓‧高爾公爵也必須低聲下氣。「……雖然我對政治多所冒瀆，對那個主題也發表太多意見，但我完全同意你的看法，女人不應該干涉政治和其他重要事務，更不應該提供意見（如果有人問她的話）。」她接著熱切地、絲毫未受阻礙地暢談那個極為重要的主題，格蘭維爾公爵㊱在眾議院發表的第一次演說。我認為，這實在是一種很奇特的現象。男人反對女性解放的歷史，也許比婦女解放史話來得更有趣。如果格頓學院和紐翰學院的一些年輕學生願意去搜集案例，並演繹出一種理論來，這將是一本有趣的書，只是她們必須要有厚手套和堅硬的黃金做護欄保護自己。

抛開貝斯柏洛夫人不談，我想，我現在覺得有趣的事情，在過去曾經被認為非同小可。我現在把這些意見貼成一本書，標名為《公雞啼叫集》，準備

在夏夜念給特定的群眾聽，這些意見過去一定讓很多人落淚。妳們的祖母和曾祖母很多曾經為此痛哭流涕。佛羅倫斯‧南丁格爾㊳曾煩惱痛苦地高聲尖叫㊳。進一步說，妳們都過得很好，幸運地進了大學，享有自己的起居室——或者那只是一間起居室兼臥室？妳們可以說天才應該不管這類意見，天才應該不在乎別人怎麼說。不幸的是，這正是男女天才最在意的一點。想想濟慈，想想他在墓碑鐫刻的字㊴。想想丁尼生㊵，想一想。但是，其實我根本不需要再舉更多例子來證實這個非常不幸、卻無法否認的事實，因為天才本來就是極端在乎別人批評的。文學中到處都是這種落魄的人，他們對別人意見的注意，已達到不可思議的地步。

我想，他們這種敏感度將使他們加倍的不幸。我回到我本來的疑問，就是哪種心理狀態對創作最有助益，因為一個藝術家要完全表達思想，致力達成艱巨任務，他的心理狀態必須達到白熱的程度，像莎士比亞一樣。我看著那本打開著的《安東尼與克麗奧佩特拉》，心裏這麼猜測。他們心中必須沒有障礙，沒有任何殘留的外來雜質。

因為我們雖然說對莎士比亞的心境一無所知，但是我們這麼說時，其實已表明了一點莎士比亞的心境了。我們為什麼會說，和了解唐恩㊶或班‧強森㊷或米爾頓的程度相比，我們實在不太了解莎士比亞。

這是因為他把一切怨恨、惡意和厭惡的情緒都隱藏起來。我們看不到可以讓我們聯想到作者的一些「啟示」。他想抗議、說教、宣稱受傷、報復宿仇、讓世人見證一些艱辛或悲傷的所有欲望，都從他心中淋漓盡致地宣洩出來。因此，他創作的詩自由奔放，毫無阻礙。假如人類曾有一個能使他的作品完美的表現出來，那就是莎士比亞了。假如曾有一個心靈是白熱化、暢行無阻的，我再度轉向書架，心想，那應該就是莎士比亞的心靈了。

【汪解】
①茱蒂絲，莎士比亞有一對1585年出生的男女雙胞胎，女的名叫茱蒂絲，或許吳爾夫就把這個名字作為虛構的妹妹使用。
②奧維德（Ovid, 前48～17年），羅馬詩人，有以希臘神話和傳說為主題的作品《變形記》。
③維吉爾（Virgil, 前70～19年），羅馬大詩人，最著名的作品是民族史詩《伊尼德》。
④賀拉斯（Horace, 前65～8年），羅馬詩人。詩論《亞爾斯‧波艾迪卡》在十七、十八世紀古典主義全盛時期被奉為圭臬。
⑤莎士比亞安定下來後有一段時期曾經和惡友廝混，在史托拉特福德附近的查科特到托瑪斯‧魯西爵士的莊園內偷獵鹿和兔子，不只一次被起訴，最後不得不逃離故鄉。
⑥莎士比亞在1582年十一月，獲得許可和安‧哈薩維伊結婚，第二年五月安就已生下孩子。
⑦模仿後述的約翰生的話語。參照⑬注。
⑧吳爾芙的《美麗佳人歐蘭朵》第二章中也有名叫尼克‧格林的人物登場。或許是根據既是詩人，也是小冊子作家的

喜愛波希米亞式流浪生活的羅伯特‧格林（Robert Green, 1560～1592）創造出來的也說不定。

⑨ 大象與城堡（Elephant and Castle），倫敦的交通中心之一，名稱來自彼處一家酒館店名，這裏指的是酒館本身。

⑩ 基督教視自殺為罪，所以自殺者通常葬於十字路口。

⑪ 薩克遜人，五世紀中期起移居英國的民族，建立威塞克斯王國。

⑫ 不列顛人，羅馬人入侵時，住在不列顛島的克爾特族。

⑬ 羅柏特‧柏恩斯（Robert Burns, 1759～1796），蘇格蘭詩人。《魂斷藍橋》歌詞作者。

⑭ 愛德華‧費茲傑羅（Edward Fitzgerald, 1809～1883），英國詩人、翻譯家，以英譯波斯詩人的《魯拜亞特》知名。

⑮ 庫倫‧貝爾（Curren Bell），夏綠蒂‧勃朗特的筆名。

⑯ 喬治‧桑（George Sand, 1804～1876），法國女作家，原為杜德汪男爵夫人，離婚後，與同鄉的小說家朱爾‧桑共同執筆發表小說，因此使用男性名喬治‧桑做筆名。代表作有《愛的精靈》等。與詩人繆塞和波蘭音樂家蕭邦的情史，後世傳為美談。

⑰ 培瑞克里斯（Pericles, 前495～429年），雅典全盛時期出現的古代希臘政治家、雄辯家。指揮伯羅奔尼撒戰爭。引用文出自茲基吉戴斯《伯羅奔尼撒戰史》第二卷培瑞克里斯的戰死者追悼演說。

⑱ 艾夫瑞，艾夫瑞雷德的暱稱。

⑲ 柏特，亞柏特、哈柏特、柏特拉姆等的暱稱。

⑳ 議會廣場，1926年作為倫敦的第一座圓環建造成的廣場。中央的草坪四周，立有帕瑪斯頓和皮爾等著名政治家之雕像。

㉑ 柏林紀念碑，從樹立紀念碑的克尼希斯普拉茲，有一條向南綿延的林蔭大道，1898年以後，在皇帝的命令下，道路兩側樹起三十二名在蘭登堡‧普魯士之領主立像。

㉒ 英國從1880年代起到1890年代止，採行從埃及和南非兩端征服非洲的縱斷政策，「黑髮鬈曲的男人」被視為是這個野心想要取得的對象。

㉓班・強森在他的世事感想集《發現》（1640）中，記下他聽到的演員們對莎士比亞這樣的讚辭。只不過強森認為莎士比亞推敲不夠，遂補上一句：「如果他肯塗改許多詩句，那就最好不過的了」。

㉔盧騷（Jean J. Rousseau, 1712～1778），法國思想家，著有告白傳記文學傑作《懺悔錄》。

㉕卡萊爾（Thomas Carlyle, 1795～1881），英國評論家、歷史學家。《法國大革命》《英雄與英雄崇拜》為其代表作。

㉖濟慈（John Keats, 1795～1821），英國浪漫派詩人之一，與拜倫、雪萊齊名。第一本詩集和長詩《恩迪密翁》都飽受酷評，談戀愛也失敗，又罹患肺結核，短暫的一生可謂薄命。《夜鶯之歌》《冷淡的美女》為其代表作。

㉗莫泊桑《兩兄弟》的序文中說，福樓拜不管寫什麼，都一定煞費苦心尋找唯一最能表達其意的適當詞彙。

㉘摘自詩人威廉・華茲華斯（William Wordsworth, 1770～1850），《決意與獨立》中的詩句。

㉙哈雷街，住有許多醫師的倫敦著名街道。地名取自地主牛津伯爵愛德華・哈雷之名，成為醫師街始於1845年左右。

㉚刊登在《星期六評論》反女權主義之代表性評論，係指林頓夫人的《現代的姑娘》（1868年三月十四日號）。

㉛葛雷格（1809～81），原為奇郡的工廠經營者，1850年起改行成為政論家，引文出自他主張結婚和家事方為女性本行之著名評論《為什麼女性會過多呢？》（1868）。

㉜潔敏・戴耶費爾小姐（Germaine Tailleferre, 1892～1983），法國作曲家。第一次世界大戰後誕生的法國現代作曲家團體「六人組」之一。

㉝詹姆斯・包斯威爾在《約翰生傳》中指出，1763年七月三十一日，約翰生聽到他提起教友派教徒的集會中有女人傳教時，說：「老兄，女人傳教就像狗用後腳走路，雖然做得不很好，但是能夠做成，就已經很值得驚訝了。」

㉞見格雷（Cecil Gray, 1895～1951）所著《現代音樂概述》（A Survey of Contemporary Music）第246頁。——原註

㉟貝斯柏洛夫人，英國政治家貝斯柏洛（Bessborough）伯

爵（1781～1847）的夫人。貝斯柏洛伯爵與拉塞爾勳爵共同起草1830年最早之選舉改定法。引用文出自1798年八月（正確日期不詳）寫給格蘭維爾公爵信中的一段（格蘭維爾伯爵夫人嘉絲塔麗亞編《格蘭維爾・魯遜葛瓦公爵私信集／1781～1821》）。

㊱格蘭維爾公爵（1713～1846），英國政治家、外交官。1832年選舉改定法時他投下贊成票。

㊲南丁格爾（Florence Nightingale, 1820～1910），英國護士，現代護理學先驅。帶領三十八名護士，在克里米亞戰爭期間做出重大貢獻。她認為護士的工作不分晝夜，被稱為「執燈的婦女」。

㊳見R. 史特雷奇所著的 *The Cause*，書中引述南丁格爾的著作《卡桑德拉》。——原註

㊴依照濟慈的希望，他的墓碑上寫著「名字寫在水上者長眠於此」，有反擊世人對他的冷漠評價之意。臨終前，一再浮現在濟慈腦海中的是他與波曼特・佛烈奇合作的浪漫劇《費拉斯塔》（1620年出版）的台詞：「你的偉大功績全都等於寫在水上」（第五幕第三場），因而要求友人為他在墓碑上鐫刻那些字句。

㊵丁尼生第一本詩集（1830）飽受克里斯多福・諾里斯（約翰・威爾遜的筆名）之譏評，1832年出版的詩集，也被J. W. 克洛卡在《季刊》雜誌上批評得體無完膚。丁尼生對別人的評價非常在意，只要有人嚴詞指責，哪怕獲得再多其他人讚賞，也會深深傷害其心。後來直到1842年出版接下來的詩集的整整十年間，沒有再出版任何作品，可見他當時受創之深。

㊶唐恩（John Donne, 1572～1631），英國詩人、宗教家。

㊷班・強森（Ben Jonson, 1572～1637），英國劇作家、詩人、評論家。

妳們說的是事實，我不否認。但在此同時，我得提醒妳們：從1866年迄今，英國至少已有兩間女子學院①；1880年以來，法律已允許已婚婦女擁有自己的財產②；還有，在九年以前的1919年，婦女獲得投票權③。我還要提醒妳們：將近十年來，婦女已經可以從事極大多數的職業④。當妳們回想這些重大權利，以及婦女享受這些權利的時間有多長，而且現在已約有兩千名婦女每年有辦法賺五百英鎊以上；妳們會同意，再拿什麼缺乏機會、訓練、鼓勵、空閒時間和金錢當藉口，已經不見得適用。何況，經濟學家告訴我們：塞頓太太生太多小孩了。當然，妳們還是必須生小孩，但是他們說，生兩個或三個就夠了，不要生十個或十二個。

因此，在手中有一些空閒時間、腦中有一些書本知識的情況下——妳們另一種知識已經足夠，我懷疑，妳們被送到大學，部分原因是為了受不到什麼真正的教育，妳們當然應該踏上另一階段，開始那冗長、勞苦，而且異常晦暗的事業。已經有一千支筆準備建議妳們該怎麼做、妳們會造成什麼影響。我承認，我自己的建議有點是幻想，因此我寧願將它以小說的形式寫出。

我在這篇論文中曾經對妳們說過，莎士比亞有個妹妹，但是不必到西尼·李爵士⑤的傳記辭典的詩人篇去尋找。她很年輕就去世，唉，從來沒有寫過

一個字。她被埋在現在「大象與城堡」酒店對面的公車站處。我相信，這個從來沒有寫過一個字、被埋在十字路口的詩人仍然存活著。她活在妳們和我之中，也活在許多今天晚上不在這裏的其他婦女之中，那些其他婦女正在清洗碗盤、準備送孩子上床睡覺。但是她還活著，因為偉大詩人是不會死的。她繼續活著，只等機會一來再鮮活地走在我們中間。我想，妳們現在有力量給予她這個機會。因為我相信，如果我們再活一百年，我說的是共同、真正的生命，而不是個人、分別的小生命，每個人每年有五百英鎊，還有自己的房間；如果我們有自由的習慣和忠實記錄我們思想的勇氣；如果我們稍微避開共用起居室，而且觀察別人時不是去看他們的人際關係，而是去看他們與「真實」的關係；並且也去看看天空、樹木，以及其他東西的本性；如果我們的視線能超越米爾頓的鬼魅⊙，因為沒有人的視線應該被擋住；如果我們面對事實，就因為那是事實，而且沒有人會給我們援手。但是我們單獨前進，我們的關係是與世界真實的關係，而不只是男人與女人的世界。那麼機會就會到來，這個是莎士比亞妹妹的已故詩人，會再附著在她已棄置的軀體之上。她可以從那些無名的先驅者身上汲取生命，就像她哥哥在她之前一樣，她會重新出世。至於如果她來了，我們卻沒有準備，沒有努力，沒有決心

讓她在重新出世後發現她可以寫詩、活下去，那麼，我們就無法期待，因為那是不可能的。但是，我仍然深信，如果我們為她而努力，她會出現，因此，我們應該繼續努力，即使貧窮、沒沒無聞，也還是值得的。

【注解】
①1869年有格頓學院，1871年有紐翰學院分別創立。1866年這個日期或許是吳爾芙記錯了。
②英國在1870年和1882年兩次制定「已婚婦女財產法」，認可妻子的財產權。
③二十歲以上的女性獲得投票權不是1919年，而是1918年。
④1919年發布的性別歧視廢除令，讓多數職業對女性門戶開放。
⑤西尼・李爵士（Sir Sidney Lee, 1859 ～ 1926），英國傳記作家。《英國人名辭典》編輯主任，也擔任倫敦大學教授。其著作《威廉・莎士比亞傳》於1898年出版。
⑥第二章快結束時所說的「那是米爾頓引領我永遠去瞻仰的」，亦即「男性」。

這本書的譜系： 西方女性主義相關書籍
Related Reading

文：郭盈秀

《傲慢與偏見》 *Pride and Prejudice*

作者：珍‧奧斯汀 (Jane Austen)　出版時間：1797年

本書是知名英國小說家珍‧奧斯汀最有名的小說，約在1796至1797年間完成。內容主要描述十八世紀末十九世紀初，英國地主鄉紳貴族間的求愛與婚姻。一位是富有而傲慢的英俊先生、一位是任性而有偏見的聰明小姐，因為種種緣分和機會，意外促成一段愛情。雖然內容並沒有特別明顯的女性主義成分，只是以時代為背景，純粹描寫當時女性的生活與心理；然而珍‧奧斯汀所敘述的這位女主角，卻已有別於傳統女性的特質：聰明伶俐、無拘無束、有主見等，她不願為一張「長期飯票」而委屈自己與不愛的人共同生活，以拒絕婚姻的方式展現女性的自主權，可謂女性主義中強調女性能動性的展現。

《論婦女的從屬地位》 *The Subjection of Women*

作者：約翰‧斯圖亞特‧彌爾（John Stuart Mill）出版時間：1869年

約翰‧斯圖亞特‧彌爾（1806～1873）是十九世紀英國知名的經濟學家和哲學家，更是深具影響力的古典自由主義思想家之一。本書中最重要的觀念，即強調男女能力之所以會產生差異，是因為後天教育所造成，因此支持婦女也享有平等工作、教育、財產與參政權等。此外，他也認為應該解除女性在就業方面的限制，直接由能力決定，進而能發揮各自長才，讓整個社會運作更有效率。這本書的內容思想，亦成為日後一連串女權運動的參考與目標。

《三個原始部落的性別與氣質》 *Sex and Temperament in Three Primitive Societies*

作者：瑪格麗特‧米德（Margaret Mead）出版時間：1935年

哥倫比亞大學教授兼人類學家瑪格麗特‧米德，是美國女性主義的主要領導人之一。本書內容主要探討三個原始部落，針對其所呈現的性別間人格差異各不相同的風貌，說明標準化的社會性格，不過是文化所造成的產物。這項論點成為現代女性主義中很重要的支持因素。本書報告指出，查恩布里（Tchambuli）部落中的女性族群具有支配權，但也彼此相安無事，進而促使某些知識分子相信，歐洲對於男性與女性氣質取向是屬於文化性的，而非天生不可磨滅。

《第二性》 *Le Deuxième Sexe*

作者：西蒙‧波娃（Simone de Beauvoir）出版時間：1949年

本書為法國女作家西蒙‧波娃的著名作品，也是展開二十世紀女性主義的重要著作。她在《第二性》中清楚

説明女性被當作「他者」、男性卻作為「主體」的兩性差異，並且分別從宏觀面和微觀面切入，提出這些差異但平等的可能性。西蒙・波娃以女性的童年到老年為時間主軸，廣泛涉及眾多女性為談論對象，諸如女同性戀者、妓女、戀愛者、情婦、修女、職業婦女等，內容廣泛而深入，猶如一部豐富的女性發展編年史。本書旨在針對女性闡述一個觀念：「女人是形成的，不是生成的」。和任何人一樣，女性都能擁有為自己選擇的勇氣與自信。而這樣的理論，更啟發了「第二波女性主義運動」（second-wave feminism）。

《女性迷思：女性自覺大躍進》 *The Feminine Mystique*

作者：貝蒂・傅瑞丹（Betty Friedan） 出版時間：1963年

堪稱美國婦權運動領導的貝蒂・傅瑞丹，藉由《女性迷思》的出版開啟戰後女性主義的先聲，引爆了一場如火如荼的婦女革命，更引發當代的女性自覺和社會變革。本書內容充滿觀念與衝擊，深深地改變了這個世界的文化、意識與生命；她試圖解構美國婦女凡事以丈夫孩子為依歸、以家庭主婦為天職、以性的滿足為自我實現的「女性迷思」。自古以來，女性總被塑造為男性的附屬品，今日則應該揭開這個迷思，不要再讓無知與歧見，造成女性在社會上的不平等對待。

《想想女人》 *Thinking About Women*

作者：瑪麗・埃爾曼（Mary Ellmann） 出版時間：1968年

由於西方多習慣單以性別切入，進而對人的行為和社會現象等等進行分類，不少男性作家更歸納出數種女性模式，塑造了一些不真實的女性形象。1960年代末的女性主義文學批評的風潮興起，本書處在女性主義運動的發展時期，內容主要針對男性作品中的女性描寫，批判男作家和男批評家對女性文學既定的成見，認為社會上存在以性別刻板印象作為評價女性地位的想法，也同時曲解了女性文學作品的價值，本書是為剖析社會成見下女性形象的重要著作。

《性政治》 *Sexual Politics*

作者：凱特・米勒（Kate Millet） 出版時間：1970年

凱特・米勒憑著一本《性政治》，開啟了第二波西方女性主義文學批評與女權運動的發展。她以政治的角度切入，觀看所謂的兩性關係。書中描述歷史上的男與女一直是權力支配的結構，是壓迫性的，並且深植於文化之中。她從多方面評論父權主義思想，並點名幾位作家──D.H. 勞倫斯、亨利・米勒、諾曼・梅勒和讓・熱內等，解讀這些作品中強烈的男權意識、對女性的貶抑等等，從意識形態的批判角度揭露性問題的政治意涵。自此，女性文學愈來愈受到正視。

《陰道獨白》 *The Vagina Monologues*

作者：伊芙・安絲勒（Eve Ensler）出版時間：1997年

《陰道獨白》是一齣舞台劇，由伊芙・安絲勒所編寫，她訪談超過兩百位女性，並且將她們的性事、身體、受暴與性虐的經驗，寫成劇本《陰道獨白》。本劇採取女性第一人稱的方式呈現，演出時，一共出現了一百二十八個陰道。1997年，《陰道獨白》第一次在紐約上演後，造成震撼，深受好評；這是因為作者敢單刀直入地挑戰自古以來被社會當成禁忌的主題：女人的身體與性生活。她讓現代的女性更能正視自己，接受最私密、屬於身體的一部分。

延伸的書、音樂、影像
Books, Audios & Videos

《找不到出口的靈魂──吳爾芙的美麗與哀愁》

作者：奈格爾‧尼可森 譯者：洪凌 出版社：左岸文化，2002年

本書作者奈格爾‧尼可森為吳爾芙戀人維塔之子，曾以《婚姻的肖像》一書描寫其父母尼可森與維塔而聞名，並於1977年獲英國惠特筆文學獎（Whitbread Book Award）。他巨細靡遺地追憶幼年時期與吳爾芙共度的情景，鮮明細膩呈現吳爾芙的生命與生活。

《自己的房間：女性文學‧小說面面觀》

作者：吳爾芙 譯者：陳惠華 出版社：志文，2006年

《自己的房間》共分為六章，為吳爾芙演講的集結整理，指出：「女人如果要寫小說或詩，五百英鎊的年收入和上鎖的房間是不可或缺的。」明確而犀利地指出女性地位與突破侷限的方式。本書譯者譯有多部吳爾芙的作品，不僅附上吳爾芙年譜簡表與生平簡述，並且剖析《自己的房間》的時代背景，使讀者得以理解吳爾芙的創作脈絡。

《自己的房間》 導讀新版

作者：吳爾芙 譯者：張秀亞 出版社：天培，2008年

本書蒐錄「女書店」創辦人之一鄭至慧的導讀，譯者張秀亞對吳爾芙的評析，以及辜振豐的說明，從不同的面向介紹吳爾芙的作品樣貌。

《戴洛維夫人》

作者：吳爾芙 譯者：陳惠華 出版社：志文，2000年

本書亦為吳爾芙的知名代表作，以意識流手法，細膩捕捉感官與心靈的繁複片段。故事始於戴洛維夫人為舉行宴會而外出買花，終於宴會尾聲，捕捉了一天之中，主角內心奔流的思緒，是意識流的經典之作，也是日後電影《時時刻刻》的創作源頭。

《海浪》

作者：吳爾芙 譯者：黃慧敏 出版社：麥田，2007年

本書為吳爾芙最顛峰的代表作，出版之後再度陷入精神崩潰的狀態。透過書中六個人物不斷的獨白，不僅呈現他們面對世事變化的內心感受，也表達人在成長過程裏的失落與失意。

《歐蘭朵》

作者：吳爾芙 譯者：張琰 出版社：遊目族，2008年

《歐蘭朵》描述英國貴族歐蘭朵的生平，其一生跨越兩種性別、穿梭歐亞兩大陸、經歷三個世紀。透過眾多的角色變換，吳爾芙細膩描寫主角的情感與生活。這本書同時也獻給吳爾芙的戀人──維塔，以詼諧的方式嘲諷以男性為中心的歷史觀，為二十世紀重要的女性主義作品之一。

《普通讀者》

作者：吳爾芙 譯者：劉炳善等　　出版社：遠流，2004年

《普通讀者》是吳爾芙以隨筆形式所創作的文學評論，介紹契訶夫、勃朗特姊妹、珍‧奧斯汀和康拉德等作家的作品與軼聞，展現她對人生與文學的豐富感受。

《時時刻刻》電影原聲帶

作曲：菲利浦‧葛拉斯　　發行：2002年

菲利浦‧葛拉斯為當代音樂巨匠，知名電影音樂作品包括《楚門的世界》、《醜聞筆記》。在《時時刻刻》電影原聲帶裏，他以鋼琴和管弦樂為主軸，深刻勾勒三位女性掙扎矛盾的情感，並以此入圍2003年金球獎「最佳電影音樂」。

《時時刻刻》

導演：史蒂芬‧戴爾卓　　演員：妮可‧基嫚、茱莉安‧摩爾　　發行：2002年

本片改編自同名小說《時時刻刻》，交織三位女性面臨生活的思考與抉擇，獲得2003年奧斯卡金像獎最佳導演、最佳影片、最佳女主角、最佳女配角等多項入圍，其中飾演吳爾芙的妮可‧基嫚成功以此片拿下奧斯卡最佳女主角。

《美麗佳人歐蘭朵》

導演：莎莉‧波特　　演員：蒂妲‧史雲頓

發行：1992年

本片改編自吳爾芙的作品《歐蘭朵》，導演莎莉‧波特的作品涉獵廣泛，包括國族、移民、性別等眾多議題，而這部影片也成為女性主義電影的經典。

http://www.virginiawoolfsociety.co.uk/

由研究吳爾芙的社群所成立的網站，除了有詳細的生平、著作簡介之外，並透過定期聚會發表關於她的研究，提供了吳爾芙研究學者與讀者們豐富的資源。

女性書寫的逃逸路線 自己的房間

原著：吳爾芙
導讀：張小虹
2.0繪圖：鄒蘊盈

策畫：郝明義
主編：冼懿穎
美術設計：張士勇
編輯：張瑜珊
圖片編輯：陳怡慈
美術：倪孟慧 戴妙容
邊欄短文寫作：郭盈秀
3.0原典選讀：陳惠華譯，志文出版社授權使用
校對：呂佳真

感謝北京故宮博物院對本書之圖片內容提供特別支持與協助

企畫：網路與書股份有限公司
出版者：大塊文化出版股份有限公司
台北市10550南京東路四段25號11樓
www.locuspublishing.com
讀者服務專線：0800-006689
TEL：886-2-87123898　　FAX：886-2-87123897
郵撥帳號：18955675
戶名：大塊文化出版股份有限公司
法律顧問：全理法律事務所董安丹律師
版權所有　翻印必究

總經銷：大和書報圖書股份有限公司
地址：新北市新莊區五工五路2號
TEL：886-2-8990-2588
FAX：886-2-2290-1658
製版：瑞豐實業股份有限公司
初版一刷：2011年2月
定價：新台幣220元
Printed in Taiwan

女性書寫的逃逸路線：自己的房間　／　吳爾芙
原著；張小虹導讀；鄒蘊盈繪圖. -- 初版. --
臺北市：大塊文化, 2011.02
　面；　公分

　　ISBN　978-986-213-230-2（平裝）

873.48　　　　　　　　　　　　　99026248